Maisey Yates
Una noche con un extraño

Editado por HARLEQUIN IBÉRICA, S.A.
Núñez de Balboa, 56
28001 Madrid

© 2014 Maisey Yates
© 2015 Harlequin Ibérica, S.A.
Una noche con un extraño, n.º 2360 - 14.1.15
Título original: One Night to Risk It All
Publicada originalmente por Mills & Boon®, Ltd., Londres.

I.S.B.N.: 978-84-687-5522-9
Depósito legal: M-28937-2014
Editor responsable: Luis Pugni
Impresión en CPI (Barcelona)
Fecha impresion para Argentina: 13.7.15
Distribuidor exclusivo para España: LOGISTA
Distribuidor para México: CODIPLYRSA
Distribuidores para Argentina: Interior, DGP, S.A. Alvarado 2118.
Cap. Fed./Buenos Aires y Gran Buenos Aires, VACCARO HNOS.

Capítulo 1

LA MIRADA de Rachel Holt se vio atraída hacia la mesilla. Al anillo que descansaba allí, a la luz de la lámpara. Alzó la mano izquierda y se miró el dedo donde lo había lucido apenas unas horas atrás.

Era extraño verlo desnudo, después de todo el tiempo que lo había llevado. Pero no le había parecido justo llevarlo ya. Recogió el anillo y lo sostuvo un momento en el aire antes de volverse para mirar al hombre que seguía dormido a su lado. Tenía un brazo echado por encima de la cabeza, los ojos cerrados. Los oscuros rizos le caían sobre el rostro. Era como un ángel. Un maravilloso ángel caído que le hubiera enseñado una serie de cosas deliciosamente pecaminosas.

No era el hombre que le había dado el anillo. No era el hombre con el que supuestamente se casaría al mes siguiente. Y eso significaba un problema.

Pero era tan guapo que le resultaba difícil pensar en él como en un problema. Alex, con sus preciosos ojos azul oscuro y su tez de un moreno dorado. Alex, a quien había conocido aquella misma tarde, hacía menos de veinticuatro horas, en los muelles.

Miró el reloj. Lo había conocido hacía ocho horas. Ocho horas era todo lo que había necesitado para sacudirse años de formal e impecable comportamiento. Para olvidarse de su anillo de compromiso.

¿En qué había estado pensando? Aquel comportamiento no había tenido nada que ver con el suyo habitual. Nada. Ella no era tan ingenua como para dejar que los sentimientos o la pasión se impusieran al sentido común y al decoro.

Y decoro, esa noche, no había habido ninguno.

Desde el primer instante en que lo vio fregando la cubierta del barco, se había sentido completamente cautivada. Cerró los ojos y regresó a aquel momento. Y le resultó fácil recordar lo que le había hecho perder el juicio... y la ropa.

Desde que llegaron a Corfú no había hecho un tiempo tan espléndido como aquel. Rachel y Alana acababan de comer. Su amiga debía dirigirse al aeropuerto para volar de vuelta a Nueva York, mientras que ella se quedaría para representar a la familia Holt en un acto benéfico. Aquellas vacaciones eran su última alegría antes de la boda del mes siguiente. Su oportunidad de «echar una canita al aire» antes de comprometerse en cuerpo y alma con otra persona para el resto de su vida.

–¿Más zapatos? –le preguntó Alana, señalando la pequeña boutique que estaba al otro lado de la calle empedrada.

–Creo que no –contestó Rachel mientras desviaba la mirada hacia el mar, con los yates y veleros atracados en el muelle.

–¿Estás enferma?

Se echó a reír y se acercó al malecón, apoyándose en la barandilla.

–Tal vez.

–Es la boda, ¿verdad? –inquirió Alana.

–No tendría por qué. Hace siglos que la esperaba. Nos conocemos desde hace seis años y llevamos comprometidos la mayor parte de ese tiempo. La fecha de la boda la fijamos hace casi once meses.

–Sabes que todavía puedes cambiar de idea –le recordó Alana.

–No. No voy a hacerlo. ¿Te imaginas? La boda será el acontecimiento social del año. Por fin Jax se casará con la heredera Holt. Por fin mi padre lo tendrá como hijo, que es lo que ambos quieren.

–¿Y qué pasa con lo que tú quieres?

–Yo... quiero a Ajax.

–¿Lo amas?

Su mirada captó un movimiento en uno de los yates: un hombre estaba fregando la cubierta. Vestía unos amplios shorts que colgaban de su estrecha cintura. El sol destacaba el dibujo de sus músculos perfectamente delineados. La vista la dejó sin aliento. Y de repente toda la pasión, todo el calor, todo el profundo anhelo que había estado tan convencida de haber perdido por culpa de aquel horrible y antiguo desengaño... la barrió como una ola.

–No –dijo, sin apartar en ningún momento la mirada del hombre del yate–, no le amo. Quiero decir que no estoy enamorada. Lo quiero, sí, pero no... de esa manera.

No era ninguna revelación. Pero, acompañada de aquella súbita corriente de sensaciones, resultaba más inquietante de lo habitual.

Ajax no era un hombre apasionado. Con ella nunca había mostrado pasión alguna. De hecho, apenas la había tocado. Después de todos los años que llevaban juntos, lo máximo que había hecho era besarla. Le había dado un bonito y largo beso alguna que otra vez, mientras descansaban juntos en el sofá de su apartamento. Pero sin quitarse siquiera la ropa.

Pero porque Ajax era un hombre muy guapo, Rachel había llegado a pensar que el problema, si podía llamarse así, era también suyo. Como si su propia pasión hubiera quedado estrangulada por años de férreo control. Después de haber dejado que aquella pasión la arrastrara años atrás al borde del abismo, solo para salvarse en el último momento, se había vuelto demasiado consciente del destino del que había escapado. Desde entonces, se había controlado mucho. Lo cual los había convertido a los dos en la pareja ideal, o al menos eso había pensado ella.

Pero no era verdad. En ese momento podía darse cuenta de ello. En un deslumbrante relámpago de lucidez, lo supo. Ella tenía pasión. La pasión seguía allí. Sentía deseo.

—¿Qué vas a hacer ahora? —le preguntó Alana, ya con un tono de mayor preocupación.

Rachel se ruborizó.

—Umm... ¿sobre qué?

—No lo amas.

Oh. Por supuesto, Alana no estaba dentro de su cabeza, y no sabía que todo su mundo acababa de ser sacudido por un hombre que se hallaba a más de cincuenta metros de donde estaba ella. Hizo un gesto de indiferencia con la mano.

—Sí, pero eso no es nada nuevo.

—Te has quedado clavada mirando a aquel hombre de allí.

—¿Yo? —Rachel parpadeó varias veces.

—Evidentemente. Ve a hablar con él.

—¿Qué? —se giró de golpe para mirarla—. ¿Que vaya a hablar con él, dices?

—Sí. Mi avión no sale hasta dentro de unas horas, así que, si necesitas un cable, estaré aquí. Pero no quiero entrometerme.

–¿Que vaya a hablar con él y luego qué?

Flirtear, vivir peligrosamente, disfrutar del momento... todo eso formaba parte de un pasado tan lejano que era como si perteneciera a otra persona. La Rachel que se había humillado a sí misma y a su familia ya no existía. Una nueva Rachel había escapado de aquel siniestro. Y la nueva Rachel era una amante de las normas. Una contemporizadora. Iba siempre a favor de la corriente y hacía todo lo posible por mantener a todo el mundo contento. Se aseguraba de no traspasar nunca la raya para no perder la red de seguridad que le proporcionaba su padre.

Pero, por alguna razón, mientras estaba allí de pie, bajo el sol, pensando en la seguridad que su padre le había proporcionado, en la estabilidad que tenía con Ajax, tuvo una sensación de ahogo. Como si tuviera un nudo corredizo apretándole el cuello... «Estás exagerando, Rachel», se dijo. «Es una boda, no una ejecución».

Y sin embargo la sensación era la misma. Porque la boda se presentaba con una total y absoluta certidumbre sobre su futuro. Un futuro como esposa de Ajax. Como la nueva Rachel, la que nunca había roto un plato, para el resto de su vida.

–Tienes que ir a hablar con él –le dijo Alana–. Te has puesto roja nada más verlo. Roja de verdad. Como si estuvieras ardiendo por dentro.

–¿Tanto se me nota?

–Hasta ahora no he dicho nada sobre tu compromiso con Ajax. Me he limitado a observar. Como tú misma has dicho, no estás locamente enamorada de él. Y cualquiera que tenga ojos puede darse cuenta.

–Lo sé –reconoció Rachel con un nudo en la garganta.

–Mira, ya sé que somos unas viejas aburridas. Y sé que en el instituto cometimos algunas tonterías...

–Eso es quedarse corta.

–Pero también creo que tú te has pasado un poco en sentido contrario.

–La alternativa no era muy buena.

–Quizá no. Pero creo que tal vez este futuro tuyo tampoco lo sea.

–¿Qué otra cosa puedo hacer, Alana? –le preguntó Rachel–. Mi padre tuvo que sacarme un montón de veces de apuros, y yo tensé tanto la cuerda que al final me amenazó con lavarse las manos conmigo. Y ahora estamos muy unidos. Se siente orgulloso de mí. Y, si Ajax es el precio que tengo que pagar por todo eso, entonces... yo lo acepto.

–Pero ¿al menos te hace sentir como si estuvieras ardiendo por dentro?

Rachel volvió a mirar al hombre del yate.

–No –la palabra se le atascó en la garganta.

–Entonces creo que te debes a ti misma pasar un rato con un hombre que sí sea capaz de hacerlo.

–Así que... ¿debería hablar con él? ¿Quieres apostar a que me maldice en griego y luego sigue trabajando como si nada?

Alana se echó a reír.

–Eso no sucederá, Rach.

–¿Cómo lo sabes? –Rachel parpadeó varias veces–. Quizá no le gusten las rubias.

–Tú le gustarás porque eres de la clase de mujeres que vuelve locos a los hombres.

–Ya no –lo de flirtear, jugar y seducir había terminado mal para ella hacía once años.

–Eso no es cierto –repuso Alana, haciendo un gesto

con la mano–. Vive peligrosamente, cariño. Antes de que dejes de vivir del todo.

Rachel no podía apartar la vista de aquel hombre, ni siquiera para mirar mal a su amiga, que era lo que debería estar haciendo.

–¿Has leído eso en una galletita de la suerte? –le preguntó a su amiga.

–¿Te refieres a si he tenido alguna vez un orgasmo con un hombre? Sí. De modo que...

Al oír la palabra «orgasmo», Rachel se ruborizó. No, ella no. Los había regalado unas cuantas veces, pero nunca había experimentado uno.

–Está bien. Iré a hablar con él –dijo–. A hablar. Que no a tener ningún orgasmo. Y no me mires así.

–De acuerdo. Andaré por aquí. Ya sabes, si necesitas cualquier cosa, ponme un mensaje.

–Llevo un spray –dijo Rachel–. Ajax insistió en ello.

Esbozó una mueca al mencionar el nombre de su prometido. Aunque en realidad no iba a hacer nada. Solo iba a hablar con el semental marinero sin camisa. No iba a hacer nada indecente.

Solo se trataba de un momento. Solo un momento. Una oportunidad de ser osada e imprudente, nada que ver con la Rachel que había estado siendo durante la última década.

Solo un momento. Para hablar con un hombre solamente porque era guapo. Nada más. Respiró hondo y se echó la melena sobre un hombro.

–Deséame... bueno, suerte no, exactamente.

Alana le hizo un guiño.

–Que tengas suerte.

–No. No estoy engañando a Jax.

–Ya, claro –dijo su amiga.

–Calla –Rachel se volvió y empezó a caminar hacia el muelle.

Le temblaban las manos: su cuerpo se rebelaba contra lo que estaba a punto de hacer. Le sudaban las palmas, el corazón le latía tan rápido que estaba segura de que iba a desmayarse, salivaba. Señales todas que la alertaban de que debía echar a correr y sobrevivir. Pero las ignoró.

Se volvió para mirar a Alana por última vez, que seguía de pie apoyada en la pared, observando. Y de nuevo se concentró en su objetivo. Le saludaría. Y quizá flirtearía un poco. Un poco de flirteo inofensivo. Recordaba algo cómo se hacía. En sus tiempos, había sido una maestra de la seducción. Batir pestañas y tocar al hombre en un hombro, sin pretender durante todo el tiempo otra cosa que no fuera utilizar su interés en estimular su ego. En aquel entonces había sido un juego. Una diversión.

¿Por qué no volver a vivir aquello? Aquella sería su última alegría antes de su matrimonio. Una oportunidad de descansar y de salir de tiendas con Alana. Un tiempo para relajarse, para estar tirada en la playa, para ver películas románticas en la habitación del hotel y luego disfrutar de una gala benéfica. Y todo sin Ajax ni su familia cerca.

Aquello no era más que una parte de ese plan. Un pequeño descanso de tener que ser siempre Rachel Holt, la aclamada estrella mediática. Necesitaba un momento para ser simplemente Rachel. No la nueva Rachel. Tampoco la antigua Rachel. Solo Rachel.

Se detuvo frente al yate y su mirada colisionó con los ojos más azules que había visto en su vida. Acompañados de una lenta y traviesa sonrisa, un relámpago de dientes blancos contrastando con una tez morena.

De cerca era todavía más guapo. Absolutamente arrebatador. Se apartó los rizos oscuros de los ojos y, al hacerlo, flexionó los músculos. Una actuación reservada solo para ella. Sus hormonas se pusieron en pie y aplaudieron. Y pidieron a gritos un bis. Estúpidas hormonas...

–¿Te has perdido? –le preguntó él en un inglés con fuerte acento. El mismo acento que el de Ajax. Griego. Y sin embargo no sonaba igual. No era tan refinado. Tenía una aspereza que parecía tocar algo profundo en su interior. Y levantar una nube de chispas.

Y todo eso con tres palabras. Debería marcharse. Pero no lo hizo. Se quedó clavada en el sitio.

–Pues... yo... resulta que estaba allí... –señaló la pared donde había estado apoyada con Alana, que a esas alturas ya había desaparecido–. Y te vi.

–¿Me viste?

–Sí.

–¿Hay algún problema?

–Yo... No, no hay ningún problema. Simplemente me fijé en ti.

–¿Eso es todo?

Apoyó un pie en la barra de metal que rodeaba la cubierta y saltó al muelle, en un movimiento fluido, impresionante y... condenadamente excitante.

–Sí –dijo ella–. Eso es todo.

–¿Te llamas...?

–Rachel Holt.

Esperó. Esperó a ver el brillo de reconocimiento en sus ojos. A que se entusiasmara por estar delante de alguien que poseía un cierto nivel de fama mediática. O que diera media vuelta y se marchara. La gente solía hacer una de esas dos cosas. Raramente cualquier otra. Pero no hubo reconocimiento alguno.

–Bueno, Rachel –aquella voz era un chorro de líquido que se aposentaba en la parte baja de su cuerpo–. ¿Y a qué se debe que te hayas fijado en mí?

–A que, pues... eres guapo –respondió. Nunca en toda su vida se había mostrado tan descarada con un hombre. Aunque, sinceramente, no sabía si estaba siendo descarada o estúpida. La gente se le daba bien. Era la anfitriona perfecta. Caía bien a todo el mundo, incluso a la prensa más infame. Una reputación que había cultivado cuidadosamente... y protegido ferozmente.

Pero tenía mucha más experiencia en ofrecer a la gente bebidas refrescantes que en ofrecerles... su cuerpo. Vio que él enarcaba una ceja.

–¿Soy guapo?

–Sí. ¿Acaso es la primera vez que te lo dice una mujer? –le ardía la cara, y no podía echar la culpa al sol de primera hora de la tarde.

–No. Pero nunca de una manera tan original. ¿Qué idea tenías en mente cuando decidiste acercarte?

–Yo pensé... –de repente lo hizo. De repente lo quería todo. Lo quería todo, todo a la vez, con aquel desconocido. Quería tocarlo, besarlo, sentir las yemas de sus dedos trazando un rastro de fuego por su piel desnuda–. Pensé que tal vez podríamos tomar una copa.

Una copa. Una bebida refrescante. Eso volvía a situarla en su zona de confort, aunque ni siquiera conocía su nombre.

–¿Cómo te llamas? –dado que había empezado a tener fantasías sexuales con aquel tipo, lo cortés era que le preguntara por su nombre.

–Alex.

–¿Alex, sin más?

–¿Por qué no? –él se encogió de hombros.

Claro, ¿por qué no? ¿A quién le importaba su apellido? Ella nunca tendría ocasión de usarlo. Nunca lo presentaría en una fiesta, ni necesitaría mencionarlo en una conversación. No volvería a verlo después de aquel día.

–Es verdad. Entonces... ¿qué? ¿Hace esa copa? ¿O... se enfadará tu jefe?

–¿Mi jefe?

–El dueño del yate.

Él frunció el ceño y lanzó una mirada sobre su espalda, antes de volver a mirarla.

–Ah. No, se ha ido a Atenas a pasar unos días. Se supone que yo solo tengo que echar un vistazo al barco de cuando en cuando. No hay necesidad de que me quede amarrado al muelle.

–Ya. No te alejarás flotando a la deriva, ¿eh? –se echó a reír, e inmediatamente se sintió como una estúpida, como si hubiera vuelto a convertirse en una chica de dieciocho años en lugar de la mujer de veintiocho que era. Por supuesto, tampoco se había mostrado tan ridícula y risueña con los hombres a los dieciocho años. Ya había escarmentado para entonces.

Aparentemente, todo aquel buen sentido y las lecciones que había aprendido de la vida estaban brillando por su ausencia. Vio que arrugaba la nariz y guiñaba los ojos con la cara levantada hacia el sol, un gesto extrañamente infantil que acentuó su atractivo.

–No creo. Aunque lo he hecho en el pasado.

–¿De veras?

–Claro. Así es como terminé aquí. He pasado buena parte de mi vida flotando a la deriva.

Percibía un significado oculto en sus palabras. Y tuvo al mismo tiempo la sensación de que aquellas palabras, las de un hombre al que hacía apenas cinco minutos que conocía, eran mucho más sinceras que las del hombre con quien planeaba casarse.

–Entonces –dijo él–, ¿va esa copa?

–Por supuesto.

–Permíteme que me ponga una camisa –le lanzó una sonrisa y volvió a subir al barco.

Rachel necesitó recurrir a toda su fuerza de voluntad para no decirle: «Oh, por favor, déjate el pecho desnudo». Se imaginó que eso sería forzar las cosas. Sobre todo teniendo en cuenta que, por mucho que lo deseara, sabía que nunca haría nada al respecto.

Todo aquello se quedaría en una simple copa.

Fueron a un bar cercano y pidieron un par de refrescos. Rachel le había puesto un mensaje a Alana informándole de que todo marchaba bien y que no la habían asesinado a hachazos. Pero no volvió a enviarle ninguno más cuando después estuvieron paseando por la ciudad durante horas. O cuando terminaron cenando en el puerto, riendo y charlando de mil cosas mientras comían pasta y marisco.

No informó a su amiga del momento en que Alex le acercó el tenedor a los labios para que probara su plato, de la forma en que se encontraron sus miradas en aquel preciso instante y de la punzada de calor que la atravesó de golpe. Como tampoco le dijo nada cuando la llevó a un club aquella noche. No había vuelto a pisar un club como aquel desde que era una adolescente. La clase de lugares que su padre y Ajax jamás habrían aprobado. La prensa la crucificaría si llegaba a enterarse.

Alcohol, música atronadora, pistas de baile atiborradas de cuerpos. Había habido una época en la que aquello le había encantado. Pero no desde que llegó a ser consciente del tipo de problemas en los que podía llegar a meterse. Por el momento, sin embargo, iba a dejar aquel buen comportamiento a un lado. Allí se

sentía como escondida, aislada por el extraño encanta-
miento que le había lanzado Alex desde el primer instante en que lo vio.

De alguna manera, con Alex, todo aquello resultaba
excitante. Le suministraba la adrenalina que tanto había
disfrutado antes. Y que llevaba negándose durante tanto
tiempo.

–¡Esto es tan divertido...! –gritó, intentando hacerse
oír en medio de la música.

–¿Estás disfrutando? –le preguntó él.

–Mucho.

Le tomó entonces la mano izquierda. El contacto de
su piel contra la suya tuvo el mismo efecto que un rayo.

–Tenía intención de preguntarte por esto –le dijo él,
volviéndole la mano de manera que el anillo de compromiso quedara a la vista.

Fue mirar el anillo y se le cayó el alama a los pies.
No quería pensar en eso. No quería pensar en la realidad.

–No estoy casada.

Vio que una sonrisa traviesa se dibujaba en sus labios, con sus ojos azules brillando en la penumbra.

–A mí no me habría importado, de todas formas.
Aunque quizá sí me habría preguntado por lo grande
que era tu marido. Y si estaba relacionado con el crimen organizado.

El pensamiento de Ajax relacionado con algo tan
sórdido como el crimen organizado resultaba histérica-
mente divertido. Ajax era demasiado formal. Él repre-
sentaba la influencia serena, tranquilizadora de su vida.
O al menos así era como lo veía su padre.

–Pues... no necesitas preocuparte. Además, no hemos hecho nada de lo que tengamos que avergonzarnos
–dijo ella–. Yo no he... quebrantado ninguna promesa.

–Todavía –repuso él con otra sonrisa traviesa–. Aún es temprano.

–Sí –el corazón le atronaba en el pecho.

–¿Quieres bailar?

Miró la mano que le tendía y sintió un dolor, una necesidad, apretándose en su vientre. Y, en aquel preciso instante, se dio cuenta de que aquello no era una simple invitación a bailar. Sabía lo que era. El momento decisivo. Que si decía «sí» a aquello, no podría volver a decir «no» durante el resto de la noche.

–Sí –fue como si le arrancaran la palabra, raspándole la garganta seca y dejando en su lugar un dulce y ligero alivio. Había tomado la decisión. Esa noche iba a abrazar la vida–. Sí, Alex. Quiero bailar.

Capítulo 2

LA BESÓ por primera vez en la pista de baile. Estaban rodeados de gente, la sensación de apretujamiento era agobiante. Cuando se vio aplastada contra su cuerpo, alzó la cabeza hacia él. Sabía que le estaba suplicando un beso y no le importó. Porque lo necesitaba. Más que respirar. Porque tenía la sensación de que no sobreviviría si él no la tocaba. Si no podía saborearlo.

No tuvo que suplicar demasiado. Él bajó la cabeza y se apoderó de su boca, obligándola con la lengua a separar los labios. Nadie la había besado nunca así. Fue un beso que le robó todo pensamiento, toda preocupación.

Se colgó de su cuerpo, moviéndose a un ritmo que no era el de la música, sino el de su propio deseo. Hundió los dedos en su denso cabello rizado, apretándolo contra sí, volcando todo el deseo que había estado acumulando en su interior durante demasiados años en aquel beso. Un beso que le estaba prohibido. Una pequeña y secreta aventura. Nadie tenía por qué saberlo.

–Ven a mi hotel –pronunció contra sus labios–. Estoy en una habitación de hotel. Vente conmigo.

No necesitó de mayores estímulos. Antes de que ella pudiera darse cuenta, Alex ya la estaba sacando de la pista de baile. Se detuvo en la puerta del club, la empujó contra la pared y la besó. Tanto el gesto como el beso fueron salvajes, explosivos. Perfectos. Ella se arqueó contra él, apretando los senos contra el duro muro de su pecho, esforzándose por encontrar algún alivio a la necesidad que le devoraba las entrañas.

–Ahora –dijo con los ojos cerrados–. Vámonos ya...

–Estoy de acuerdo.

–Está cerca de aquí. O eso creo. Estoy mareada. No sé dónde diablos estamos.

Alex se echó a reír y apoyó la frente contra la de ella.

–Yo sé exactamente dónde diablos estoy.

–¿Y dónde es eso?

–Contigo. No necesito saber más.

Rachel soltó un suspiro, intentando ignorar la punzada de emoción que le atravesó el pecho. Se suponía que no tenía que sentir aquello.

–Guau. Dices cosas muy bonitas.

–Llévame –la tomó de la mano,

De algún modo, en aquel instante, se sintió valiente, segura. Feliz. Como un recuerdo de la que había sido antes de aprender a cerrarse sobre sí misma. Antes de la debacle de Colin. Y del chantaje. Antes de que hubiera tenido que confesarle a su padre lo que había hecho. «Yo no puedo protegerte más, Rachel. Las decisiones que estás tomando son peligrosas. La gente, los hombres siempre intentarán aprovecharse de ti por tus relaciones familiares, la prensa siempre te acosará por ser quien eres, y tú misma te lo estás buscando. Si sigues así, no volveré a salvarte el tipo».

Y las palabras de su madre habían sido todavía menos amables: «Una mujer de tu posición no puede permitirse esos errores. No solo es inmoral, sino también peligroso. ¡No he pasado todos estos años luchando por ascender en la sociedad para ver cómo tú lo destrozas

todo en un segundo con tu estúpido comportamiento!».
Unas furiosas palabras pronunciadas en privado. Pero
se había tragado aquellas palabras y las había guardado
en su pecho, para tenerlas siempre muy presentes. Excepto... excepto en aquel momento.

Pero aquello era distinto. Estaba fuera del tiempo,
fuera del mundo real. Y Alex ni siquiera la conocía. No
quería manipularla. No pretendía arrastrarla a una com-
prometedora situación para poder vender luego fotos
íntimas, o algún vídeo sucio.

Alex simplemente la deseaba. Aquel sencillo pensamiento despejó todas sus dudas.

Empezaron a caminar por la acera, y al poco rato estaban corriendo sin dejar de reírse. Ella se agachó para
quitarse los zapatos, que sostuvo en su mano libre mientras corría descalza por los adoquines.

Se detuvieron frente al hotel, con las impresionantes
fuentes de la entrada.

–Estoy en un hotel muy bueno –explicó ella, jadeando todavía por la carrera.

–Y que lo digas –él se rio.

–No vayas a sentirte incómodo.

–No.

Por supuesto. Le resultaba difícil imaginárselo incómodo en cualquier parte.

–Bien. Necesito saber al menos tres cosas más sobre
ti antes de entrar, ¿de acuerdo?

–Depende. ¿Vas a preguntarme por mi cuenta ban-
caria?

–No. Ni siquiera te tomaré las huellas –bromeó ella–.
Pero, de alguna manera, sigues siendo un desconocido
para mí.

–¿De veras? ¿Y cómo puedo dejar de serlo?

–¿Cuál es tu color favorito?

–No tengo ninguno.

–¡Vamos! ¿De qué color es la colcha de tu cama?

Alex se echó a reír.

–Negra.

–Bien. ¿Qué edad tienes?

–Veintiséis años –respondió él.

–Oh. Bueno, yo tengo veintiocho, espero que no tengas problema con eso.

–En absoluto. De hecho, ahora mismo estoy incluso más excitado. Si es eso posible.

A Rachel se le aceleró el pulso.

–Una cosa más. ¿Preferirías dormir bajo las estrellas... o en una elegante suite?

–Me da igual, siempre y cuando tú me acompañes. Preferiblemente sin ropa.

Aquello la dejó sin aliento.

–Bueno, esa era la respuesta perfecta.

–¿Podemos entrar ya?

–Sí –respondió ella–. Ya no eres un desconocido para mí, así que adelante.

–Me alegro.

Entraron en el hotel y cruzaron rápidamente el vestíbulo. Rachel pulsó el botón y esperó a que llegara el ascensor, cada vez más nerviosa. Una vez dentro, no bien se cerraron las puertas a su espalda, Alex la acorraló contra la pared y se apoderó ávidamente de su boca, recorriendo al mismo tiempo su cuerpo con las manos.

Rachel podía sentir la dura presión de su erección en la cadera. Sentir su excitación, no solo allí, sino en cada parte de su cuerpo: en el tenso envaramiento de sus hombros, en el atronador latido de su corazón, en la urgencia de su beso.

Ni en sus más alocadas fantasías se había imaginado

en aquella situación, con un hombre besándola como si se estuviera muriendo de hambre por ella.

Llegaron a la planta no con la suficiente rapidez y, a la vez, con demasiada. De haber tardado más, se habría muerto... o quizá él le habría hecho el amor allí mismo, con la ropa puesta. Estaba muy cerca de hacerlo, y lo sabía.

Tal vez no se hubiera tenido nunca por una mujer muy apasionada, pero le gustaba el sexo. Y dado que Ajax se había dedicado a esperar pacientemente a que las cosas pasaran al siguiente nivel, eso quería decir que era una experta en satisfacerse a sí misma. Sabía lo que era tener un orgasmo. Pero ¿tener uno en un estado de absoluto descontrol? Eso era un asunto completamente diferente. Había dado placer a Colin, pero él nunca la había tocado de verdad. Y, en cualquier caso, aquello había ocurrido hacía once años.

Pero en ese momento estaba allí, y Alex la estaba tocando de verdad. Y su placer no estaba bajo su propio control, sino bajo el de él. Una sensación tan excitante como aterradora.

Cuando salió del ascensor, le temblaban las piernas. Rebuscó en su bolso, intentando encontrar la tarjeta de la habitación. La localizó por fin, en el fondo del bolso.

–¡Gracias a Dios! –exclamó–. Vaya, eso ha sido una blasfemia, ¿verdad? –le preguntó de pronto a Alex, volviéndose para mirarlo.

–¿Por qué?

–Dar las gracias a Dios por haber encontrado la llave para que podamos... Bueno, eso es fornicación, ¿no?

–Lo será dentro de cinco minutos –dijo él–. Ahora mismo es solo deseo.

–Pero un deseo tremendo –se volvió hacia la puerta

e introdujo la tarjeta en la ranura. Se encendió la luz verde–. Bueno, supongo que ya podemos entrar.

Alex se detuvo entonces y le acarició una mejilla con la punta de un dedo, un gesto que la sorprendió por su ternura.

–Te pones muy guapa cuando estás nerviosa.

–Vaya, gracias –Rachel se ruborizó.

Sus ojos azules parecieron engarzarse con los suyos, intensos, sinceros. Como si ella fuera lo único importante. Nadie la había mirado nunca así.

–Hablo en serio.

–Te vuelvo a dar las gracias. Pero la verdad es que estoy menos nerviosa cuando me besas. Quizá deberíamos continuar con lo que estábamos haciendo.

No tuvo que decírselo dos veces. La metió en la habitación y la tumbó en la cama. De repente, Rachel se encontró tendida de espaldas en el mullido colchón, con el duro cuerpo de Alex sobre ella. No tuvo tiempo de ponerse nerviosa. Estaba demasiado excitada. El brillo de humor de los ojos de Alex había desaparecido, reemplazado por algo oscuro, salvaje. Peligroso.

Y a ella le gustaba.

–Ya iré más despacio la próxima vez –le dijo él–. Te lo prometo. Me gustan los preliminares –se sentó sobre los talones y se despojó de la camisa–. Porque habrá más. Te lo prometo –echó mano a un bolsillo de los shorts y sacó rápidamente su cartera, de la que extrajo un preservativo. La cartera fue a parar al suelo, seguida del resto de su ropa.

Tenía un cuerpo increíble, mucho más de lo que ella se había imaginado.

Él le bajó el corpiño del vestido, inclinó la cabeza y empezó a succionarle un pezón al tiempo que le subía la falda. Luego enganchó los dedos en la goma de las bragas y se las bajó a todo lo largo de las piernas. Solo se apartó un momento para abrir el envoltorio del preservativo y enfundárselo rápidamente, antes de colocarse entre sus muslos.

Deslizó una mano bajo sus nalgas y la levantó mientras se hundía profundamente en ella. Rachel esbozó una mueca de dolor, luchando contra el impulso de quejarse. Porque no quería estropear aquel momento. Incluso con el dolor, era el momento más hermoso que había vivido nunca. Lo más excitante y lo más salvaje que le había sucedido. Era perfecto.

Si él se dio cuenta, no lo demostró. En lugar de ello, continuó hundiéndose en ella, elevándolos a los dos cada vez más alto. Así hasta que Rachel empezó a gritar. Hasta que cerró los puños sobre su pelo, sobre las sábanas, cualquier cosa a la que pudiera agarrarse para no saltar volando de la cama y estallar en un millón de pedazos.

El dolor desapareció rápidamente. Cada embate la acercaba más y más al punto del orgasmo. Pero no fue una ascensión fácil hasta la cumbre. Hubo rayos y truenos: el clímax fue violento y brusco, la acometió antes de que tuviera tiempo de tomar aire.

Se estremeció y convulsionó de gozo, aferrándose a sus hombros. Sabía que le estaba clavando las uñas, pero no le importó.

Seguía encima de ella, y un gemido ronco escapó de su garganta cuando encontró su propio placer. Poco después se apartaba para levantarse y meterse en el baño.

Rachel se quedó tendida boca arriba, con el vestido a la altura de la cintura, intentando recuperar el aliento, con las manos sobre los ojos.

—Oh, Dios mío, ¿qué he hecho?

Él no tardó en volver, después de haberse deshecho del preservativo. Su expresión era triste.

—Debiste habérmelo dicho.

—¿Haberte dicho el qué? —le preguntó ella, sentándose e intentando cubrirse con el vestido. Aunque él no parecía nada incómodo con su propia desnudez.

—Que eras virgen.

—Ah. Eso. Bueno. Pude habértelo dicho. Es solo que...

—¿Solo qué?

—Que no quería. Habría quedado como una estúpida.

Él se acercó a la cama y le tomó la mano izquierda. Se la levantó a la altura de sus ojos, para que pudiera ver bien su anillo de compromiso.

—Quienquiera que te haya regalado esto, es un imbécil.

Rachel regresó a la realidad, con la mirada clavada nuevamente en el anillo. Habían vuelto a hacer el amor cuatro veces. Él le había dicho la verdad. Le gustaban los preliminares.

Volvió a dejar el anillo sobre la mesilla, con una sonrisa dibujándose en sus labios.

Se sentó lentamente, entre protestas de sus músculos. Alex le había obligado a hacer más ejercicio del que estaba acostumbrada. El pensamiento acentuó su sonrisa. Tal vez fuera estúpido. Pero se sentía... diferente. Atolondrada. Viva. Medio enamorada.

Cerró los ojos. No. No quería eso. Era un estúpido cliché. No conocía bien a aquel hombre. Solo que le resultaba demasiado fácil recordar lo que había sentido al bailar con él. O cuando le agarró la mano mientras caminaba descalza por la calle. Lo diferente que se había sentido en su compañía. Mucho más viva. Feliz.

Así que quizá no fuera tan estúpido que se sintiera medio enamorada. Resultaba aterrador, sin embargo. Ella había estado... no enamorada, sino encaprichada de un tipo antes, con desastrosos resultados. Pero eso había sido distinto. Era como si hubiera sucedido en otra vida, como si le hubiera ocurrido a otra chica.

Había cambiado durante los últimos once años. En aspectos que eran necesarios, pero que al mismo tiempo la habían dejado con la sensación de estar atrapada en una piel que se le había quedado demasiado pequeña. Y en algún momento de la pasada noche, había vuelto a cambiar.

Se levantó de la cama y fue tambaleándose al baño. Hizo sus necesidades y se miró en el espejo. Tenía el pelo hecho un desastre. Estaba segura de que la marca oscura del cuello era de un chupetón. Sonrió. No debería estar disfrutando con aquello. Pero lo estaba haciendo. Ya se enfrentaría después a la vida real.

Se recogió el cabello y volvió a la habitación. Se detuvo al ver la cartera de Alex en el suelo. Estaba abierta, de cuando sacó el preservativo y la arrojó luego al suelo. Después había llamado a recepción para que le subieran una caja.

Se agachó para recoger la cartera sin pensar. Era una cartera cara, de piel negra con un bonito repujado. Como la de su padre, o la de Ajax. Algo extraño, dado lo viejo y gastado de su ropa. Aunque eso era normal, trabajando como trabajaba en un barco.

Ojeó su permiso de conducir. Estadounidense. Otro detalle extraño, ya que era griego, eso era indudable. Aunque quizá su jefe fuera de los Estados Unidos.

«Vale ya, fisgona. No es asunto tuyo», se dijo. Y no

lo era. Pero antes de cerrar la cartera y dejarla sobre la mesa, leyó su nombre. No lo hizo a propósito. Pero lo vio, y entonces ya no pudo apartar la mirada. Conocía aquel nombre: Alexios Christofides. Se lo había oído pronunciar a Ajax. En un gruñido, una maldición. Había estado fastidiándolo durante meses, informando a las autoridades de hacienda sobre supuestas malas prácticas fiscales, denunciándolo a las agencias de medio ambiente. Todas falsas acusaciones, pero que habían costado tiempo y dinero.

No era un simple mozo de camarote, eso estaba claro. Y tampoco un desconocido. Había sido seducida por el enemigo de su prometido. Tuvo la sensación de que el suelo se abría bajo sus pies para transportarla de vuelta al pasado. A aquel momento tan parecido al que estaba viviendo. Colin, furioso por la negativa de Rachel a acostarse con él, revelándole quién era realmente y lo que quería de ella.

«Ya sabes que tengo unas fotos muy bonitas tuyas. Y un vídeo muy interesante. Yo no necesito sexo. Recibir dinero de los medios me gustará todavía más».

Se había creído más lista después de aquello. Más precavida. Pero seguía siendo la misma joven estúpida de siempre. Peor aún, porque esa vez el villano había triunfado a la hora de seducirla. Sobradamente. Lo que había hecho con él... Lo que le había dejado que le hiciera...

–¿Alexios?

El hombre de la cama se estiró y Rachel se esforzó por no desmayarse. Por no vomitar. Por no salir corriendo y chillando de la habitación. Tenía que saber lo que había sucedido. Tenía que saber si él sabía quién era ella.

–Alexios –volvió a pronunciar su nombre y él se sentó, con una traviesa sonrisa en los labios.

Pero, cuando la miró, la sonrisa se borró de golpe. Como si supiera, incluso medio dormido, que aquella no iba a ser la escena poscoital que se imaginaba. Como si se hubiera dado cuenta de que responder a aquel nombre había sido un error.

Se sintió enferma. Colérica. Pero por el momento tenía que permanecer tranquila. Tenía que conseguir respuestas.

–Rachel, deberías volver a la cama.

–Yo... no –se llevó una mano a la frente–. Ahora mismo no. Yo...

Vio que él bajaba la mirada a sus manos, que seguían sujetando la cartera. Volvió a mirarla a los ojos, enarcando una ceja. Algo en su actitud había cambiado de repente.

Se apartó los oscuros rizos de la frente y, por un instante, Rachel tuvo la impresión de que estaba ante un desconocido. Un desconocido desnudo.

Solo entonces se dio cuenta de lo que era. No conocía a aquel hombre. Se había engañado a sí misma al pensar que habían compartido algo. Que sus almas se habían encontrado, o alguna idiotez semejante. La noche anterior se había sentido ella misma. Pues bien, la verdadera Rachel había resultado ser alguien increíblemente estúpida. Tenía por tanto una buena razón para mantenerla oculta.

–Sabes quién soy, ¿verdad? –le preguntó ella.

Él se levantó de la cama con la sábana resbalando por su cintura, luciendo su hermoso y excitado cuerpo. Incluso en aquel momento, la vista hizo que el corazón se le subiera a la garganta. Como si estuviera intentando escalar para conseguir una mejor vista.

–¿Cómo es que estabas mirando mi cartera?

–Estaba en el suelo. La recogí y pensé: «Bonita cartera para un mozo de yate».

–Sí, sé quién eres –dijo él–. Imagínate mi sorpresa cuando tú me encontraste, antes de que yo te encontrara a ti. E imagínate mi sorpresa posterior cuando me di cuenta de que no necesitaba una semana entera ni un evento especial para seducirte. Fuiste muchísimo más fácil de lo que me esperaba.

–¿Con qué objetivo? –inquirió ella con el corazón atronándole en el pecho–. ¿Por qué tú...?

–Porque quiero lo que él tiene. Todo. Y ahora le he robado algo muy especial. Porque ambos sabemos que yo te he tenido primero.

–Canalla –se puso a registrar la habitación en busca de su ropa–. ¡Tú...! Esta es mi habitación –dejó de recoger la suya y, en lugar de ello, se puso a recoger la de él–. Vístete y sal de aquí –le lanzó los shorts y luego la camisa–. ¡Fuera!

Él empezó a vestirse.

–Ignoro quién crees que es tu prometido, pero yo lo sé bien.

–¡Y yo sé quién eres tú! Un... un... Ni siquiera se me ocurre una palabra lo suficientemente mala para describirte. Me has engañado.

–¿Que yo te he engañado? Más bien no te lo conté todo, como hiciste tú conmigo. Yo no te obligué a que te acostaras conmigo.

No, no lo había hecho. Y eso quería decir que la culpa era suya.

–Pero... me sedujiste a sabiendas de que arruinarías mi compromiso. ¡Con toda la intención de hacerlo!

–¿Y tú pensabas que el hecho de que yo te sedujera lo dejaría intacto? ¿Es eso? ¿O lo que te enfada es que yo lo hubiera planeado?

–¡Sí! Estoy enfadada porque lo planeaste. Yo creí que habíamos tenido algo... Yo creía... –se le cerró la garganta. La emoción le impedía articular las palabras.

–Tú hiciste tu elección –repuso mientras se subía el pantalón y se lo abrochaba–. Yo solamente fui la ocasión de tu infidelidad.

Antes de que ella pudiera pensar en una respuesta, la cartera salió volando de su mano para rozarle la oreja e impactar en la pared que tenía detrás.

–¡Fuera! –chilló.

Acababa de destruir ella misma su compromiso matrimonial. El futuro de la empresa de su familia. Y todo por sexo. Sexo con un hombre que la había estado manipulando. Engañándola con la intención de perjudicar a Ajax... Ajax, que no se merecía que lo trataran así. Ajax, que la quería. Y su padre... después de todo lo que había hecho por ella... Se tapó los ojos con las manos, intentando contener las lágrimas.

–Rachel....

–¡Me has destrozado la vida! –chilló, abriendo los brazos–. Yo creía que eras distinto. Creía que me habías hecho... sentir algo, cuando solo me estabas mintiendo. ¡He echado a perder mi vida por ti y todo ha sido una mentira!

–Yo nunca te prometí nada. Cometiste un error. Lo siento por ti.

–No le llames –le pidió ella, con el estómago encogido–. Por favor, no le llames.

–No tengo necesidad. Ya no te casarás con él.

–¿Crees que por haber pasado una noche contigo voy a dejar al hombre con el que llevo comprometida durante años? Lo dudo mucho –dijo.

Apenas unos minutos atrás, lo habría hecho. Se habría expuesto al escándalo, y habría expuesto también a su familia. Por él, habría sido capaz de destruir todo lo que se había pasado años reconstruyendo. ¿En qué había estado pensando? No, no había pensado en absoluto. Se había limitado a sentir, ilusionada con alguna estúpida fantasía.

–Vete. Y, por favor, no le llames. No...

–Vaya –sonrió, desdeñoso–. ¿Y por qué tendría que hacerte caso? Conseguí justamente lo que quería. Me gusta planificarlo todo bien, *agape*, y no pienso cambiar de planes solo porque tú derrames una lágrima.

Se dirigió hacia la puerta y abandonó la habitación. Ni siquiera se volvió para mirarla.

A Rachel le flaquearon tanto las rodillas que terminó sentada en el suelo. Fue entonces cuando se dio cuenta de que seguía completamente desnuda. Pero no le importaba. Ponerse la ropa no haría que se sintiera menos expuesta, menos vulnerable. No le haría sentirse menos... sucia.

Era así como se sentía: sucia. Había traicionado a Ajax. Esa era la verdad, al margen de quién fuera exactamente Alex. Pero su traición era como sal en sus heridas.

Ajax... ella habría estado dispuesta a poner fin a su relación si hubiera existido una oportunidad de...

Tenía que volver a casa. La boda tenía que seguir adelante. Su vida tenía que seguir. Como si no hubiera pasado nada. Era por eso por lo que había evitado la pasión, por lo que había evitado hacer cosas que fueran arriesgadas, y locas. Porque, cuando asumía riesgos, sufría. Porque, cuando confiaba en alguien, ese alguien la defraudaba. Sentada en el suelo, incapaz casi de respirar, recordó exactamente por qué había elegido esconderse de la vida.

Nunca más. Volvería con Ajax, a la seguridad. Y, si

Alex le revelaba lo de aquella noche, ella le suplicaría que la perdonara. Miró hacia delante con los ojos secos. Tan secos como sus entrañas. Se olvidaría del calor y del fuego que había descubierto aquella noche. Se olvidaría de Alexios Christofides.

Capítulo 3

SE HABÍA dicho a sí mismo que no iría a la boda. Se lo había dicho mientras abordaba el avión en Nueva York rumbo a Grecia. Y mientras conducía del aeropuerto a la finca de los Holt, donde se iba a celebrar la boda.

Todo el mundo conocía el lugar de la celebración. Había sido una noticia internacional. La boda del ejecutivo rompecorazones Ajax Kouros con la adorada heredera Holt. Las fotografías del acontecimiento se venderían por una fortuna, el mundo esperaba con el aliento contenido cualquier migaja de información. Lo había leído en cada revista y en cada diario desde que abandonó Corfú. Desde que Rachel Holt lo echó de su cama.

Nunca en toda su vida lo habían deseado de aquella forma. En algún momento del transcurso de la noche se había olvidado de que él no era sencillamente Alex, ni ella Rachel. Había sido simplemente un hombre deseando a una mujer. No un hombre reconcomido por la venganza.

Pero su dulce voz llamándolo Alexios y penetrando en su sueño lo había devuelto a la realidad. Y entonces todo se había ido al infierno. No había disfrutado nada de aquel momento. Del momento en que ella descubrió que él era el enemigo de Ajax. El hecho lo había sorprendido. Y más sorprendente era que no se lo hubiera contado a Ajax, después de que ella le pidiera, con lágrimas en los ojos, que no lo hiciese.

Porque... ¿qué sentido tenía que se hubiera tomado tantas molestias para poseer a la mujer de Ajax si luego no se lo decía? La había seducido prácticamente al pie del altar, con lo que podía impedir el matrimonio y arruinar al mismo tiempo los planes de Ajax para quedarse con la compañía Holt, que había sido su verdadero objetivo. Y, sin embargo, no había hecho la llamada.

Lo cual era un verdadero misterio para él. Como también lo era que, en aquel instante, se encontrara en la finca de los Holt provisto de una invitación hábilmente falsificada que lo facultaba para ser uno de los primeros invitados admitidos y disfrutar de un recorrido previo por la propiedad. Entregó la tarjeta a la mujer que atendía a los que iban llegando. Iba vestida toda de negro, con su rubio cabello recogido en un apretado moño. La propia decoración del lugar, desde las guirnaldas a las flores, era severa y elegante. Sin frivolidades románticas.

—Siga el sendero que lleva al jardín, por favor, señor Kyriakis. Ya han empezado a servir los refrigerios.

Bonito alias. Teniendo en cuenta que se había pasado la vida entera ocultándose detrás de ellos, aquel le gustaba. Siguió las instrucciones de la mujer y echó a andar por el sendero hasta la parte trasera de la casa. El terreno era enorme, con filas de sillas que daban al altar y, detrás, el mar. Todo blanco. Puro y cristalino.

La mujer que él había conocido no se había mostrado tan pura. Había enredado las piernas en torno a sus caderas, con su aliento abrasándole el oído mientras gemía de placer. El recuerdo le arrancó un estremecimiento. No le habían faltado las mujeres a alguien como él, que se había criado en las calles desde que tenía catorce años, liberado de toda tutela. ¿Por qué entonces se había quedado tan fascinado con una noche de sexo con una virgen? No podía entenderlo. Quizá hubiera existido una satisfacción adicional en el hecho de que se la hubiera quitado a Ajax. Porque le había robado lo que seguramente él habría tenido por un valioso regalo de boda.

Solo tenía que pensar en Ajax para que se le revolviera el estómago. Si no hubiera decidido hacía años que el asesinato no era un buen plan, lo estaría considerando en aquel instante. Fantaseaba con la idea, sí, pero no la pondría en práctica. Era un bastardo... porque la vida lo había hecho así. Pero no era un desalmado. Al contrario que Ajax. Al contrario que el padre de ambos.

Pensó en su madre, que había sido capaz de hacer lo que fuera para conseguir su siguiente dosis. Una esclava, una víctima. Viviendo en la miseria pero rodeada por la opulencia. Esclavizada a su adicción y viviendo en la mansión del amo como un extraño accesorio decorativo. Una relación perversa a la que ella había llamado «amor». El tipo de amor que, una vez cercenado, la había dejado muriéndose desangrada en el suelo. Una mancha carmesí en el recuerdo de Alex que nada lograría borrar. Los años de éxito no cambiarían eso. No le devolverían a su madre. Y mientras tanto Ajax seguía en la cumbre, impasible.

Ajax podía aparentar ser todo lo respetable que quisiera, pero Alex conocía la verdad. Porque la verdad también estaba en él. Pero al menos él no se comportaba como si fuera otra cosa que un bastardo, mientras que Ajax se las daba de haber pasado por todo y haber salido limpio. Cerró los puños y alzó la mirada a la casa. Había un pequeño grupo de gente que se dirigía al interior guiado por una empleada. Se dirigió hacia allí para incorporarse a la cola. Todo el mundo escuchaba deslumbrado la cháchara de la mujer sobre los frescos del exterior, que habían sido retirados de una antigua iglesia.

Eso a Alex no le importaba. Grecia era vieja. Y él había dormido en más ruinas antiguas de las que podía recordar. Era un incondicional de las cosas modernas. Como lo había sido su madre. Siempre y cuando no fuera al precio de tener que vivir bajo el mismo techo que un violento y pervertido psicópata sexual. Sí, había preferido las ruinas a aquella vida.

Siguió a los demás al interior de la casa, pero tan pronto como desaparecieron detrás de la primera esquina, se separó de ellos para subir las escaleras.

–Tengo que entregar un regalo a la novia –le dijo a una sirvienta que pasaba a su lado–. ¿Dónde puedo encontrarla?

–La señorita Rachel está en su suite. Al final del pasillo a la izquierda –respondió la mujer sin pestañear.

Nadie lo detuvo. Porque encajaba en aquel ambiente y hablaba con confianza. Como resultado, nadie se preguntaba si pertenecía o no a aquella casa. Asintió con la cabeza y siguió andando en la dirección que le había indicado la mujer.

Nunca en toda su vida había rezado Rachel con tanto fervor para que le llegara el periodo. De hecho, nunca había tenido que hacerlo. Pero la falta de aquel mes estaba a punto de producirle un ataque cardiaco. Llevaba veinte minutos paseando de un lado a otro de la habitación en sujetador y bragas, con un tampón en la mesilla y al lado un test de embarazo sin usar. A esas alturas no había utilizado ni uno ni otro. Había transcurrido un mes desde su noche con Alex. Un mes maldiciendo su nombre por el día y yaciendo despierta en la cama por la noche, mirando al techo e incapaz de llorar porque las lágrimas eran un desahogo que no podía permitirse.

Y luego la regla que no le había llegado. Seis días de retraso ya. Finalmente estiró una mano y recogió el test. Fue entonces cuando se vio claramente a sí misma. Allí estaba, a punto de casarse con otro hombre mientras podía perfectamente estar embarazada de Alex. Y comprendió que era del todo imposible que se casara ese día.

Empezaron a temblarle las manos. «Oh, por favor, Jax, perdóname». Ahora iba a tener que... decírselo. Justo antes de la boda. Pero había algo que tenía que hacer primero.

—De acuerdo —le dijo a la cajita de color blanco y rosa—. Hagámoslo.

La puerta del dormitorio se abrió de golpe en ese momento y ella se volvió al tiempo que apretaba la cajita contra su pecho, en un instintivo gesto de pudor. Hasta que se dio cuenta de que estaba haciendo visible de su test y lo escondió detrás de la espalda, a la vez que cruzaba una pierna sobre la otra para disimular la brevedad de sus bragas.

Pero para entonces se había quedado helada, porque había reconocido al intruso, cautivada por aquellos arrebatadores ojos azules. Una vez más. Era casi como si lo hubiera conjurado con su imaginación. En el peor momento posible.

Tenía el cabello más corto. Lucía un traje cortado a medida, en lugar de aquella vieja y gastada ropa de trabajo que lo había visto llevar la primera vez.

–¿Qué diablos estás haciendo aquí? –le espetó.

Él pareció sorprendido. Como se había quedado ella un momento antes.

–Cierra la puerta al menos –añadió Rachel, dándose cuenta de que cualquiera que pasara por allí en ese momento podía verla en ropa interior.

Él obedeció, entrando en la habitación. Y se volvió para mirarla. Intensamente. Como si estuviera intentando calibrar la opacidad de su ropa interior.

–¡Deja de mirarme así! ¿Se puede saber a qué diablos has venido?

–He venido a tu boda, *agape*.

–Es curioso. Dudo que Ajax haya incluido a su enemigo mortal en nuestra lista de invitados –dijo ella mientras apretaba con fuerza el test que seguía ocultando detrás de su espalda.

Estaba atrapada. Allí de pie vestida únicamente con su ropa interior de boda, incapaz de moverse por miedo a que descubriera el test.

–No pienso dejar que se case contigo –gruñó él de pronto.

–¿Qué?

–Tú no lo conoces.

Rachel se encogió de hombros, en un gesto natural que contrastaba con su pánico interno.

–Lo conozco desde hace quince años.

–Nunca te has acostado con él.

–Voy a hacerlo –dijo Rachel, reculando hacia el baño–. Esta noche.

Alex se dirigió hacia ella. Sus ojos azules eran como dos esquirlas de hielo. Tomándola de la cintura, la acercó hacia sí.

–No lo harás.

–Sí que lo haré –mentía, porque antes de que Alex

hubiera entrado, ya había decidido que no podría casarse. Pero quería... hacerle daño. Molestarlo, contrariarlo–. Pienso tener sexo con él... esta noche. Voy a dejar que me haga... ¡todas las sucias cosas que tú has hecho conmigo!

De pronto, él inclinó la cabeza y la besó. Como si tuviera perfecto derecho a hacerlo. Como si ella no tuviera una boda programada para dentro de cuatro horas. Como si solamente existiera la pasión entre ellos. El fuego y el calor. Rachel le echó un brazo al cuello mientras con la otra mano seguía escondiendo el test detrás de la espalda, y entreabrió los labios para dejar paso a su lengua.

Le devolvió el beso porque, por alguna razón, cuando aquel hombre la tocaba, era incapaz de pensar. Porque de repente nada más importaba. Solo el calor que fluía por su cuerpo, por su mente, por su alma. Le echó entonces el otro brazo al cuello y, al hacerlo, le golpeó sin querer en una oreja con el borde de la caja. Él echó la cabeza hacia atrás y miró hacia ese lado. Ella siguió la dirección de su mirada y se quedó paralizada. Lo que faltaba.

–¿Qué es esto? –le preguntó él, apartándose y agarrándole la muñeca.

–Nada.

–Inténtalo de nuevo –Alex enarcó una ceja.

–Es un... regalo. Para una amiga.

–¿Un regalo para una amiga? –al ver que se quedaba sin palabras, él inquirió–: ¿Crees que estás embarazada?

–Pues... No me viene la regla. Lo que en circunstancias normales podría ser interpretado como: «Hey, qué oportuno, porque se supone que voy a casarme».

–¿Pero?

–Pero que en las circunstancias de «Me he acostado con el enemigo de mi marido hace un mes» lo encuentro un poco preocupante. Sí, creo que podría estar embarazada.

–Entra en el baño y hazte la prueba –le ordenó él, apartándose de ella–. Ahora.

–¿Se supone que tengo que orinar porque tú me lo digas?

–Ibas a hacerlo, ¿no?

Estaba pálido y apretaba la mandíbula. No se lo estaba tomando mucho mejor que ella.

–Sinceramente, Alex. ¿Por qué te preocupa tanto que pueda estar embarazada?

–Me preocupa porque pienso formar parte de la vida de ese niño.

–Nada de eso –Rachel pronunció las palabras antes de que tuviera oportunidad de pensarlas.

–¿Crees que voy a dejar que ese hombre se acerque a un hijo mío? –le espetó él con un tono de rabia–. Sé lo que les sucede a los niños que se acercan a la familia Kouklakis.

–Ajax es... él no es un Kouklakis.

–Es un alias. ¿Cómo puedes ser tan ingenua? Se cambió el nombre.

–Yo no creo...

–Ve a hacerte el test.

En ese momento ni siquiera se le ocurrió discutir. Asintió lentamente, sosteniendo la caja con los dedos entumecidos mientras retrocedía hacia el baño.

Viéndola retirarse, el corazón de Alex latía tan fuerte que por un instante tuvo la impresión de que se le iba a salir del pecho. Un hijo. Su hijo. No se trataba ya de vengarse. Aquello había dejado de tener que ver con la venganza desde el momento en que había reclamado a

Rachel. La deseaba, y la tendría. Era por eso por lo que estaba allí. Y porque se negaba a permitir que Ajax Kouros se acercara a un hijo o a una hija suya.

No, Ajax no traficaba con seres humanos ni con drogas, y Alex lo sabía. Sabía, por la profunda investigación que había hecho al respecto, que los negocios de Ajax eran perfectamente legales. Pero la mala sangre se heredaba. Alex lo sabía, lo sentía. Ajax había nacido con la misma sangre que él, y no escaparía a ella. Si él no lo había hecho, ¿cómo habría podido hacerlo Ajax? Ahuyentó aquel pensamiento. La horrible sensación que lo asaltaba cada vez que se imaginaba aquel veneno corriendo por sus venas.

Pero las cosas habían cambiado, al menos para él. Alex había hecho su fortuna jugando en el mercado bursátil, primero con el dinero de otra gente, y después con el suyo propio. No solo había sido una cuestión de suerte, sino también de inteligencia, de habilidad. Había ganado millones. En su vigésimo sexto cumpleaños, apenas seis meses atrás, había ganado sus primeros mil millones.

La puerta del baño se abrió en ese momento y apareció Rachel, pálida, con los ojos húmedos por las lágrimas.

–¿Qué? –le preguntó él. La tensión le aceleraba el pulso.

–Estoy embarazada. Y antes de que lo preguntes: es tuyo. Yo no te mentiría sobre algo como eso.

–No te casarás con él.

–¿Sabes que hay cerca de... un millar de invitados en camino? ¿Un centenar de periodistas?

–Tienes dos opciones, Rachel –la adrenalina estaba haciendo que su cerebro trabajara a toda velocidad–. Te marchas ahora mismo conmigo y no hablas con nadie. O sigues adelante con la boda. Pero escúchame bien, si haces eso, interrumpiré la ceremonia y le diré a todo el mundo que estás embarazada de un hijo mío. Que te seduje en Corfú y que te entregaste a mí en un tiempo récord. Incluso sin una prueba de paternidad, tu querido Ajax lo sabrá.

—La prensa...

—La prensa está aquí, y escucharán y reproducirán cada palabra que pronuncie. Pero la decisión es tuya.

—No es mía —replicó Rachel, cruzando los brazos bajo los senos. Seguía llevando nada más que su ropa interior—. Me encuentro en una situación imposible. No puedo echarme para atrás. No puedo... —se interrumpió—. Podría tener un... —desvió la mirada.

A Alex se le encogió el estómago.

—No.

Ella sacudió la cabeza, con los ojos azules llenos de lágrimas.

—Tienes razón. No puedo. Sencillamente... no puedo.

—Ven conmigo.

—¿Y luego qué?

—Nos casaremos.

Capítulo 4

ESTÁS loco –murmuró Rachel mientras abandonaba la finca familiar a bordo del deportivo rojo de Alex.

Diablos. Lo había hecho. Se estaba escapando el día de su boda. Llevándose casi nada. Algo de ropa, sus zapatos favoritos. Su ordenador, su teléfono, unos cuantos libros. Pero, cuando él le expuso las opciones que tenía, lo vio todo claro como el cristal. No podía seguir adelante con la boda, toda vestida de blanco, la novia virginal, y casarse con Ajax sabiendo que estaba embarazada de otro hombre. Sabiendo que la prensa destrozaría a todos los implicados si Alex se levantaba y le contaba a todo el mundo lo que había hecho.

Era consciente de la posición en que se encontraba. Había sido consciente de ello desde el día en que su padre, en su despacho, la advirtió de que no seguiría protegiéndola del escándalo al que ella misma se había estado exponiendo.

Se las había arreglado para ofrecer una imagen perfecta al público y por esa razón los medios la tenían en un pedestal. Lo que quería decir que cualquier sospecha de escándalo atraería a un enjambre de periodistas. Pero lo único que había hecho era retrasar lo inevitable. Solo en ese momento se daba cuenta de ello.

Sería horrible cuando la prensa se enterara. Fuera cual fuera su comportamiento, ella quedaría como la villana de la película. De eso estaba segura. Pero no tenía la fortaleza necesaria de dejar que eso sucediera con público delante. De dejar que Alex soltara su discurso delante de tantos invitados y periodistas. El simple pensamiento la ponía enferma. Se había convertido en la gran heredera Holt, un icono de la moda y el estilo, la niña bonita de los medios de comunicación. Aquella noche que había pasado con Alex había sacado a la luz algo que ni ella misma había sabido que existía, y estaba pagando por ello.

Salirse de aquel recto y estrecho camino que había elegido había demostrado tener unas cuantas consecuencias permanentes. Y, en aquel momento, estaba retrasando aquellas consecuencias. Porque de ese modo no tendría que mirar a Ajax a la cara cuando se enterara. O cuando se enterara su padre. O Leah. Sacó su móvil.

–Al menos voy a ponerle un mensaje a Leah –pensó en su hermana, que habría debido ser la dama de honor. Su dulce y cariñosa hermana, una de las mejores personas que conocía.

Se ponía enferma solo de pensar en su cara de preocupación. O en la de su padre. O en la de Ajax. Lo había estropeado todo. Le iba a dar un ataque de pánico.

–No lo hagas hasta que el avión esté a punto de salir. Por cierto, ¿por qué estoy loco?

–¡Porque todo es una locura! –explotó Rachel–. Y tú quieres que me case contigo. No voy a hacerlo. No te conozco. Y tampoco me gustas.

–¿Cómo puedo no gustarte si no me conoces?

–De acuerdo, no te conozco mucho, pero lo que sé sobre ti no me gusta.

–Te gusta mi cuerpo.

–Y, si fueras solo un cuerpo, quizá eso fuera importante. Pero, desafortunadamente, detrás de esos duros músculos hay una personalidad que me aterra.

—¿De veras?

—Eres un mentiroso. Ignoro por qué, pero decidiste arruinarle la vida a mi prometido y me utilizaste a mí para vengarte.

—Pero luego no hice nada al respecto.

—Hoy viniste a mi casa.

—Sí, y podría haber hecho algo. Pero no pensaba asistir a la boda y no planeaba hacer más. Es solo... que terminé viniendo. Y ahora me alegro de haberlo hecho. Dime, ¿te habrías casado con él de todas formas?

—No.

—Ya me lo imaginaba.

—¿Por qué le odias, por cierto? Tengo la sensación de que esto podría ser muy importante para mi futuro —bajó la mirada a sus manos y descubrió que le temblaban.

—Como te he dicho, Ajax Kouros es un nombre falso. Una identidad inventada. Diablos, si hasta el mío lo es. Christofides. Yo nunca antes había tenido un apellido.

—¿Cómo es eso?

—Fui el hijo de una mujer que no podía recordar su verdadero nombre. O, si lo recordaba, nunca lo usaba. Meli: así se hacía llamar. «Miel». Tenía una especie de doble significado. Vivíamos en la mansión del padre de Ajax. El infame Nikola Kouklakis.

—¿Qué?

—Supongo que habrás oído hablar de él.

—Las actividades de su círculo de traficantes eran... horribles. Cuando hace unos cuantos años fue disuelto...

—Sí, fue horroroso. Fueron muchas las vidas que arruinó. Mi madre no figuraba entre las secuestradas. Ella fue seducida. Por las drogas. Por el dinero. Por amor. Vivíamos en la mansión, al igual que Ajax. Recuerdo que al principio, cuando lo veía, pensaba que era alguien importante con aquellos trajes, aquellos coches. Pero aprendí muy rápidamente a tenerle miedo porque era el hijo del gran jefe.

–Alex, no... no puede ser...

–¿Qué? ¿Piensas que si me meto con él es por diversión? Lo hago porque considero que no se merece nada de lo que tiene, no cuando tantos de nosotros aún estamos pagando las consecuencias del origen de su fortuna.

–Pero él no ganó su dinero... haciendo nada malo. Entró en contacto con mi familia cuando todavía era un muchacho. Mi padre le proporcionó trabajo. Hizo una fortuna de la nada.

–Tú no lo conoces como yo. Crees que sí, Rachel, pero no lo conoces en absoluto.

–Lo conozco.

–¿Por qué nunca te has acostado con él?

–Él no es muy... apasionado. Y yo me figuraba que tampoco lo era, así que pensaba que no había problema.

Alex soltó una carcajada sin humor.

–Yo fui testigo de algunos de sus comportamientos en la mansión de su padre. Frecuentaba a las mujeres de allí. Pasión no le faltaba, y conociendo sus antecedentes, encuentro ciertamente preocupante que no te haya tocado. Quizá estuviera esperando a saborear tu virginidad.

–Él no sabía que yo era virgen –replicó acalorada–. Yo tuve una... una relación antes de Ajax, y no... Obviamente no me acosté con él, pero tampoco fue una relación casta, ¿de acuerdo? Y yo nunca hablé con Ajax de eso, así que él no podía saberlo.

–Créeme, *agape*, lo sabía.

–Tú no lo sabías.

–Yo solo te conocía de aquella tarde.

–Que tendrá duraderas consecuencias –replicó ella, apoyando la cabeza en el cristal de la ventanilla y viendo cómo el paisaje desfilaba ante sus ojos–: No sé qué estoy haciendo aquí contigo.

–¿No lo sabes? No querías que destrozara tu reputación ante la prensa. Ni que destruyera a Ajax ante el altar, aunque no consigo entender por qué.

A Rachel le daba vueltas la cabeza. No podía imaginarse al Ajax que conocía, al hombre que parecía pasar las veinticuatro horas del día enfundado en un formal traje de ejecutivo, merodeando por aquella finca llena de droga y mezclándose con prostitutas. No tenía sentido.

–Yo solo sé de él lo que sé.

Y de todas las cosas que sentía hacia Ajax en aquel momento, la tristeza y el arrepentimiento no figuraban entre ellas. De alguna manera, se sentía hasta aliviada de haberse escapado de la boda, aunque fuera con Alexios Christofides. Aunque estuviera embarazada de él. Se le encogió el estómago. No, eso no le producía ningún alivio. Ni siquiera quería pensar en ello.

–No irás a mantenerme prisionera, ¿verdad? –le preguntó cuando el coche llegó al aeropuerto.

–Si hubiera querido hacer eso, lo habría hecho en Corfú.

Rachel apretó los dientes y abrió la puerta del coche. Él la siguió, y apareció un empleado para encargarse de sus maletas.

–Eres despreciable. ¿A qué terminal vamos?

–Volaremos en mi avión privado. Así podremos hablar con mayor tranquilidad de nuestros asuntos.

–¿Sabes una cosa? Tú no me gustas nada.

–Lo sé, pero aun así me sigues deseando, que es lo que realmente te importa.

Rachel se enfadó, porque por mucho que la fastidiara, lo que él decía era cierto.

–Ni la mitad de lo que me importa estar embarazada de ti.

–Entonces, ¿por qué me estás acompañando?

Ella sacudió la cabeza y se detuvo en seco.

–Porque, por muy enfadada que esté contigo, tú no tienes toda la culpa. Yo misma arruiné mi futuro y ahora ya no sé cómo arreglarlo. Si me quedo, expondré a mi familia a un escándalo todavía mayor que si me retiro discretamente.

–Entonces, ¿es tu familia lo que más te importa?

–Sí. Mi madre fue la mujer más maravillosa del mundo. Todo el mundo la quería. Mi padre es un hombre muy... decente, y si mi pobre hermana es ahora blanco de ataques de los periodistas es únicamente porque buscaban un saco de boxeo y la eligieron a ella. Yo no puedo complicarles todavía más las cosas.

–¿Y qué hay de ti?

–Yo no quiero tener una cámara constantemente delante de mi casa, ni tener que responder a cientos de preguntas. Y... Alex, tú eres el padre de mi hijo, me guste o no. Y siento que te mereces una oportunidad. No el matrimonio, sino una oportunidad.

–¿De modo que es eso lo que quieres? –le preguntó él.

–Conocerte. Eso sería un buen comienzo.

–Entiendo que no estás hablando en un sentido bíblico.

–Eso ya lo hice, lo cual no me llevó a ninguna parte más que a quedarme embarazada y a cancelar la boda.

Así que esperemos que la otra acepción del verbo «conocer» sea más positiva.

–Si esperas que me siente contigo a hablarte de mis sentimientos, no vas a tener mucha suerte. Ahora bien, si se trata de profundizar en el sentido bíblico el conocimiento que tengo de ti... ¿Sabes? Por la imagen que daban los medios de tu persona, tenía la impresión de que eras una muchachita dócil. Y no muy lista.

–No me extraña, ya que es así como gusta de presentarme la prensa, supongo –aunque eso, en parte, era por voluntad propia–. Una muchachita sencilla y complaciente.

–Y no lo eres.

–Por dentro, no –masculló ella.

Pero había aprendido a serlo. Después del episodio de Colin y su sórdida seducción, que había concluido con su alcohólica colaboración en unas fotos pornográficas y un escabroso vídeo. Y había tenido que confesárselo todo a su padre. No se le ocurría nada más horrible que aquello. La cruda evidencia de lo muy estúpida que había sido. Y tal como le había recordado su padre, bastante suerte había tenido de que eso hubiera sido todo. Borracha con un hombre que había sido un virtual desconocido para ella, habría podido terminar mucho peor. Y luego estaban las juergas, las drogas con las que estuvo experimentando. Las veces que había conducido sola bajo la influencia de...

Se había merecido el rapapolvo que le había echado su padre, la amenaza que le había lanzado de desheredarla. Ver las fotos en las que aparecía con Colin había sido como enfrentarse a una evidencia a todo color de lo desafortunadas que habían sido sus decisiones. La llamada de atención que tan desesperadamente había necesitado.

Y una vez que las fotos y el vídeo fueron destruidos, después de que Colin hubiera sido sobornado, su madre cayó enferma. Rachel se había volcado en cuidarla, en acompañarla a todas sus citas, en hacerle compañía, en ayudarla a planificar sus fiestas, en hacer de anfitriona.

Tras el fallecimiento de su madre, había aparecido Ajax. Su padre había esperado que se casara con él. Y, por supuesto, había esperado que también lo amara. En cualquier caso, Rachel había sido consciente de lo que se esperaba de ella. Todo lo contrario que Alex, que parecía pensar que podía soportar todo tipo de tratamiento duro. Brutal. Apenada, se sorbió la nariz.

–¿Qué pasa? –le preguntó él.

–No has sido precisamente muy bueno conmigo –lo acusó, adelantándose y siguiendo al empleado con el carrito que transportaba su equipaje–. Es curioso que tengas a Ajax por un canalla cuando él me trataba como si fuera una princesa.

–Tú no eres una maldita princesa. Eres una mujer normal.

–Ajax piensa que soy una princesa.

–Dentro de cuatro horas, Ajax pensará de ti que eres una traidora que lo dejó plantado en el altar.

Rachel apretó los dientes. Eso no podía discutírselo. Y tampoco podía echarle toda la culpa a él, no cuando ella tenía una buena parte de culpa. La conversación se interrumpió cuando se acercaban a un estilizado reactor que se hallaba aparcado en una pista. Se abrió la puerta y quedó desplegada una escalerilla con una alfombra roja. El interior la dejó deslumbrada, desde la moqueta de color crema a los mullidos sofás de piel.

–Tengo champán enfriándose –le dijo Alex a su espalda–. Por supuesto, tú no puedes tomar. No es bueno para el bebé.

–¿Eres siempre tan insufrible?

–¿Y tú?

–Yo nunca. De hecho soy extremadamente agradable, todo el tiempo. Es solo que tú me haces... No hay una palabra lo suficientemente fuerte que logre expresar la mezcla de furia y angustia que siento en tu presencia.

–¿Atracción?

–No es esa la palabra –Rachel entrecerró los ojos.

–¿Seguro? Entonces, ¿por qué me besaste antes?

Se sentó en el sofá, súbitamente agotada.

–Porque hago cosas estúpidas cuando tú estás cerca.

–Me tomaré eso como un cumplido.

–Yo no lo haría –Rachel cruzó los brazos–. ¿Podrías traerme al menos un zumo de naranja?

–Claro –él pulsó un botón en el apoyabrazos y dio la orden.

–¿A dónde vamos, por cierto?

–A mi casa. Lejos de la tormenta mediática que sin duda estallará cuando la novia falte a la boda del siglo. Al final tendrás que afrontar las consecuencias, pero... ¿por qué no retrasar el momento unos días?

Rachel pensó que la idea sonaba bien.

–Ya puedes ponerle ese mensaje a tu hermana.

Oh, sí, ese era un fragmento de realidad que no podía evitar. De lo contrario, su familia denunciaría su desaparición a la policía. Sacó su teléfono.

–¿Por qué no le envías otro mensaje a Ajax, por cierto?

–Porque antes preferiría revolcarme en miel y meterme luego en la madriguera de un tejón.

«Breve y con tacto, Rach. No lo cuentes todo todavía», se dijo. Miró a Alex, repantigado en aquel momento en uno de los sillones como un gran gato perezoso. A la espera de que su presa hiciera un falso movimiento. Sí, cuanto menos explicara de la situación, mejor. Escribió:

No iré. Tengo que estar con Alex. Lo siento. Discúlpate con Jax de mi parte.

Respiró hondo y envió el mensaje.

—Ya está.

—¿Qué has escrito exactamente?

—Que no iré. Nada más. Bueno, te mencioné a ti. Tu nombre de pila.

—Veremos cuánto tarda Ajax en mandarme un sicario.

—Hay algo que no entiendo —dijo ella cuando el avión se ponía en marcha y comenzaba su recorrido por la pista—. ¿Cómo es que no impediste la boda? ¿Por qué no llamaste a Ajax para regodearte? ¿Cómo es que no te apresuraste a colgar en tu ventana la sábana manchada con la sangre de mi virgo?

—Me echaste de tu habitación —se aclaró la garganta—. No tuve tiempo de llevarme la sábana.

—¿Y eso frustró tu malvado plan? —al ver que no respondía nada, Rachel añadió—: Hablo en serio.

—¿No se te ha ocurrido pensar que quizá las cosas cambiaron porque fuiste tú la que me encontró a mí, y no al revés?

La azafata apareció con una bandeja de bebidas. Whisky para Alex y zumo de naranja para ella. Rachel dio las gracias a la mujer y cerró los dedos sobre el frío vaso.

—Yo... no —reconoció—. No se me había ocurrido. Pero... es cierto. Fui yo la que te encontró a ti.

—Es extraño, ¿no te parece?

—Tal vez —era más que extraño. Pero no podía negarlo. Y tampoco podía acusarlo de haberse cruzado en su camino. Ella lo había visto primero. Era ella la que se había acercado a él, y no al revés.

–Fui a Corfú por ti –le confesó Alex, agitando su copa antes de beber un sorbo–. No te mentiré en eso. Fui allí con la esperanza de encontrarte y seducirte. Tenía un plan. Ibas a asistir a una gala benéfica esa misma semana. Pensaba abordarte allí y seducirte para que rompieras con mi rival. Tranquila, públicamente. Mi intención era obligarlo a que contemplara impotente todo el proceso.

–¿Y luego qué se suponía que tenía que pasar conmigo?

–Eso no me preocupaba –Alex se encogió de hombros–. Pero, en lugar de ello, fuiste tú la me encontró a mí en el muelle, cuando acababa de atracar. Qué casualidad, ¿eh?

–Pero entonces... ¿por qué no se lo dijiste a Ajax? ¿Por qué no le llamaste después para obligarlo a cancelar la boda?

–Al final yo acabé tan seducido como tú. Aunque detesto admitirlo. Si hubiera tenido algún respeto por mi propio plan, lo habría seguido. Pero en vez de ello...

–En vez de ello, nos conocimos y pasamos el día juntos, y luego...

–Pasamos la noche juntos.

–Luego todo se fue al infierno –terminó ella.

–Cuando hoy me presenté en tu casa, lo que buscaba... no tenía nada que ver con la venganza. Te buscaba a ti.

Sus miradas se encontraron mientras el aire se cargaba de electricidad. A Rachel le latía el corazón tan rápido que por un instante pensó que iba a desmayarse. Su teléfono vibró de pronto y bajó la mirada. Tenía un mensaje de Leah:

¿Qué Alex? ¿Lo conozco yo?

Bueno, ¿qué sentido tenía mentir? Todo terminaría por saberse. La prensa la veía con Alex. Tarde o temprano tendría que confesar que estaba embarazada. Y quién era el padre.

No. Alex Christofides. Algo inesperado. Lo siento.

Leah no lo conocía, pero Ajax sí. Pensó en la confesión que le había hecho Alex. Había sido sincero con ella sobre los motivos que había tenido para seducirla, sobre su identidad. Lo cual no tenía mucho sentido.

–¿Por qué no te defendiste cuando descubrí quién eras? –le preguntó ella–. ¿Por qué no mentiste?

–Porque no podía pensar –respondió él.

A Alex le dolía admitirlo, pero era la verdad. No había sido capaz de inventarse una mentira cuando ella se lo quedó mirando como si acabara de apuñalarla. Porque durante el día que pasaron juntos, su seducción había sido auténtica. Le había resultado fácil olvidar quién era. En lugar de la prometida de Ajax Kouros, había visto a Rachel. Y la había deseado con todo su ser.

Le había hecho el amor, y, cuando ella se encaró con él, no había podido decirle otra cosa que la verdad. Y eso cuando debería haberle mentido, engatusado. Debería haber vuelto a su plan original. Pero no lo había hecho, y ya era demasiado tarde para lamentarse.

Pero ahora todo había cambiado, ya que estaba embarazada. Ignoró la punzada que le atravesó el estómago ante la idea de dejar que se casara con Ajax, estuviera embarazada o no. Por supuesto, si ella se hubiera empeñado en hacerlo, él no se lo habría impedido. Y ya no podía abandonarla.

Su incapacidad para hacerlo demostraba que era especial. Que sentía algo por ella. Pero él no tenía tiempo para sentimientos. En su vida había sacado tiempo solo para dos cosas: hacer dinero y vengarse. Cualquier otra cosa era algo incidental. Distracciones que no podía permitirse. Aunque, por supuesto, ahora que iba a tener un hijo, tendría que hacer espacio para una tercera cosa.

Porque jamás dejaría que un hijo suyo fuera criado por un desconocido. Alex conocía bien todo el mal del mundo, y haría todo lo posible por proteger a su hijo de ese mal. Como si su vida misma dependiera de ello.

Capítulo 5

S U ISLA era preciosa. Alex jamás se cansaría de ella. O del hecho de que fuera suya. Un lugar sobre el que poseía un control total.

Mientras estuvo viviendo en la mansión de su padre, todo había sido compartido. O quizá «compartir» fuera una palabra demasiado generosa. Porque en aquel ambiente había existido una clase de siervos, de esclavos. Las mujeres, los guardias de seguridad. Y, por debajo de todos... los niños de aquellas mujeres.

Muchos de ellos habían sido entregados por sus propias madres. Vendidos, solo después tomó conciencia de ello, a cambio de droga. Él había pasado muchos años sintiéndose asombrado, agradecido, de que su madre no hubiera hecho eso con él. De que lo hubiera valorado en algo. De que hubiera permanecido a salvo, protegido. Había sido un milagro, o eso al menos le había parecido en aquel entonces.

Pero finalmente había descubierto la venenosa verdad. Él mismo había sido el instrumento involuntario que había mantenido a su madre siempre cerca de su adicción favorita: no la heroína, sino el propio Nikola Kouklakis. Si el viejo la había mantenido allí, por supuesto, había sido porque era la madre de su hijo. Porque Alex era su hijo. Pero Alex había terminado descubriendo la verdad, y, cuando su madre no resultó ya útil, todo se había venido abajo.

Alex huyó. Sin mirar atrás. Y, cuando finalmente se detuvo, cuando hubo ganado suficientes partidas de naipes y adquirido algún dinero, dinero y aquella isla; cuando hubo conocido a gente importante y aprendido la mecánica de los mercados de acciones; cuando finalmente hubo alcanzado el éxito... solo entonces se permitió mirar hacia atrás.

Había mirado hacia atrás para recordar todo aquel dolor, aquella injusticia, y había visto al único hombre que se había alzado por encima de ella. Un hombre limpio y respetado. Un hombre rico y con una bella mujer colgada de su brazo. Había decidido entonces que el siguiente punto de su agenda sería hacer que Ajax Kouros conociera la impotencia, el miedo. Que supiera lo que era perder las cosas que amaba. Y aunque no hubiera conseguido destruir su negocio, y no por falta de ganas ni de intentos, al menos le había arrebatado a su prometida. El pensamiento lo llenaba de alegría, pese a que en aquel momento no se estaba sirviendo de Rachel para vengarse de él.

—¿Dónde estamos? —le preguntó ella cuando el avión estaba tomando tierra, ante un horizonte de arena blanca y un mar azul turquesa.

—En una isla que se halla cerca de Turquía. Yo la llamo... —tomó conciencia de que poco antes le había revelado el nombre de su madre. Eso le hacía sentirse expuesto, sobre todo cuando le dijera el nombre de la isla y ella entendiera el porqué. Maldijo aquel momento de sentimentalismo. Maldijo el hecho de que todavía quisiera tanto a una madre que nunca lo había amado. Una madre que había elegido quitarse la vida antes que dedicársela a él—. Yo la llamo El Refugio de Meli. Ella... murió justo antes de que yo abandonara la mansión Kouklakis. De haber seguido viva, es aquí adonde la habría traído. Para que pudiera descansar, finalmente. Aunque ahora ya está descansando, supongo.

–Lo siento –dijo ella con voz apagada–. Mi madre también murió. Es duro, muy duro.

–La vida es dura –Alex se encogió de hombros.

–¿La vida es dura y ya está? ¿Esa frase lo explica todo?

–La vida es dura y al final nos morimos todos. ¿Así está mejor?

–No –Rachel sacudió la cabeza–. No estás disfrutando mucho de este viaje, ¿verdad?

Él se levantó en el instante en que el avión se detenía.

–Disfrutar del viaje es algo que hace otro tipo de personas, con otro tipo de vida. Alguien como tú, *agape*.

–Bueno, yo no negaré que tengo una familia estupenda. Que he sido bendecida con muchas cosas bonitas. Y sí, yo estoy disfrutando del viaje.

Pero estaba mintiendo. Alex podía sentirlo. La primera vez que la encontró en Corfú, Rachel había irradiado luz. Alegría. Pero no era eso lo que había observado en las fotos suyas que había visto en la prensa. Como si durante la mayor parte del tiempo se dedicara a esconder aquella luz.

–¿Habrías disfrutado también haciendo el viaje que tenías previsto hacer con Ajax?

–Por supuesto –respondió ella, tensa–. Lo quiero.

–Pero no le amas.

–¡Bah! ¿Cómo es que la gente se obsesiona tanto con el amor? –Alana había intentado convencerla hasta el último momento de que no se casara, y citando el amor como primera razón–. Me gusta. Y, en cierta forma, lo amo. No es una pasión devoradora, pero...

–Pero no lo estás llorando precisamente a mares en este momento.

–Son muchas mis preocupaciones actuales. Acabo de descubrir que estoy embarazada –Rachel se interrumpió, maldiciendo por lo bajo–. Embarazada. Oh, aún no lo he asimilado del todo... Y además acabo de fugarme de mi boda. Y estoy en Turquía. Contigo.

–No estamos en Turquía. Estamos en mi isla.

–Ya. Eso representa una gran diferencia para mí en este instante.

–Mira, esto no tiene por qué ser tan difícil –estaba a punto de proponerle matrimonio por segunda vez. Sí, ella le había rechazado la primera, pero entonces había estado bajo los efectos del shock. Terminaría cediendo, estaba seguro de ello.

Otra cosa de lo que estaba seguro era de que se negaba a ser una simple sombra en la vida de su hijo. Sería la antítesis de su propio padre. Amaría a su hijo. No haría de él un simple instrumento para mantener un vínculo entre él y la persona... con la que estaba obsesionado.

–No sé yo... –repuso ella, dirigiéndose hacia la salida.

–No pareces nada convencida.

–No lo estoy –bajó por la escalerilla y él la siguió, con la mirada clavada en sus curvas y en la manera en que sus pantalones blancos se ceñían a su trasero.

Al fin y al cabo era un hombre, y ella seguía constituyendo una tentación. Aquella mujer exudaba clase, elegancia. Lucía un peinado y un maquillado perfectos, aun después de haber descubierto que estaba embarazada y haberse escapado de su propia boda. Pero él había resquebrajado todo eso. Había visto enrojecerse su piel, más colorada que el top que lucía en ese momento. Había visto aquel pelo despeinado, su piel brillante de sudor. Había hecho que aquellas uñas perfectamente manicuradas se clavaran en sus hombros...

Se removió en un intento por aliviar la presión causada por su creciente excitación.

–¿Y cómo es eso? –le preguntó.

–Pues porque creo... que no me gustas –de repente alzó la mirada y contempló los grupos de cipreses que se extendían a su alrededor, con la playa de arena blanca detrás.

–Hay ruinas increíbles en esta isla –le informó él–. Coloniales y otomanas.

–Vengo de Grecia. Ruinas, allí, tenemos muchas.

–Ya lo sé. Solo estaba intentando entablar conversación. Mi casa está cerca. ¿Qué prefieres? ¿Ir a pie o en coche?

–Vas de esmoquin. No es un atuendo muy adecuado para pasear.

–Ciertamente –se miró–. Estoy un poco desorientado, la verdad. En Nueva York es todavía primera hora de la mañana. Lo que quiere decir que técnicamente he estado despierto y levantado toda la noche.

–¿Venías de Nueva York?

–Así es.

–¿Por qué?

–Vine a por ti.

–¿Por qué viniste a buscarme?

–No lo sé –respondió, sincero–. Porque no quiero que él te tenga. Porque te quiero para mí solo. Porque creo que eres preciosa y porque eres la única mujer a la que en este momento puedo imaginar compartiendo mi cama.

–Vaya, eso suena casi halagador –Rachel parpadeó asombrada.

–Casi. Venga, vayamos andando –se quitó la cha-
queta, que dejó caer en la arena, y se subió las mangas
de la camisa–. Así me despejaré un poco.

–Guía tú.

Él echó a andar por un sendero que los llevó cerca
de la playa.

–¿Qué es lo que haces en Nueva York?

–Juego con el dinero de otra gente. En bolsa. In-
vierto por ellos. Y se me da muy bien. He ganado lo
suficiente como para hacer unas cuantas adquisiciones
e inversiones por mí mismo.

–Incluida esta isla.

–Esta isla la gané jugando.

–¿Jugando?

–En una partida de naipes. Sí, fui jugador profesio-
nal por un tiempo. Y al principio con el dinero de otra
gente.

–¿Cómo?

–Calcular cartas es una habilidad extremadamente
útil. Sucede que yo tengo ese don. De muchacho vivía
en las calles haciendo trucos de cartas con los turistas.
Un tipo rico me descubrió y me propuso jugar en los
casinos con su dinero, a cambio de una comisión. Naturalmente, acepté.

–Ya. Naturalmente –dijo ella.

–Gané mucho dinero. Y me dediqué a jugar para mí
al menos una vez por semana. Terminé en las grandes
timbas, donde la gente se juega todo tipo de cosas. Fue
así como gané la isla.

–¿Realmente tienes veintiséis años, Alex?

–Sí. Tenía dieciocho cuando estuve haciendo eso. A
partir de entonces, decidí dedicarme a la inversión en
bolsa.

–Un hombre que se ha hecho a sí mismo.

Alex se echó a reír.

–Nadie se hace a sí mismo. Nos hacemos con la ayuda o la desgracia de los demás. En mi caso, la gente tenía que perder dinero para que yo pudiera ganarlo. Y ahora la gente con cuyo dinero juego en bolsa es ayudada por mí, como antes yo fui ayudado por ellos. Tú estas hecha por tu padre, por los medios, y Ajax iba a rematarte.

–¿Rematarme?

–Ibas a pasarte el resto de tu vida rodeada de lujos. Habías encontrado a un hombre que iba a cerrar el lazo sobre todo lo que tú habías construido.

–Yo no lo veo así.

–¿No?

–No –tropezó en la arena y él se apresuró a sujetarla. Se quedó paralizada por un momento, con la mirada fija en sus labios. Tragó saliva–. No, yo... él no es así.

–¿Cómo es entonces?

–No lo sé. Es un amigo. Casi como... un hermano, y que me haya dado cuenta ahora de ello es tan ridículo... No sé cómo pude pensar en casarme con él. Pensé que con el cariño podría bastar.

–Solo porque todavía no habías conocido la pasión –y había sido él quien se lo había demostrado.

–No seas tan engreído... Es horrible. De verdad, yo que tú no alardearía de ello. ¿Existe alguna conquista más fácil que la de una mujer que se mantiene virgen a mi edad? La palabra «desesperada» no alcanzaría a describirlo.

–No se trató de eso. Yo mismo no estaba particularmente desesperado, como tú lo llamas, y aun así sentí la electricidad que hay entre nosotros.

Rachel se detuvo de pronto, enarcando una ceja.

–Oh, ¿de veras?

–Sí. Y no niegues que tú la sentiste también.

–No, me refería a lo que has dicho acerca de que no estabas tan desesperado. ¿Qué quiere decir eso? ¿Cuándo ha sido la última vez que has estado con otra mujer?

–¿Estás celosa, Rachel? Yo creía que no te gustaba.

–No estoy celosa. Es simple curiosidad. No todo el mundo va por ahí con los pantalones en los tobillos, como tú.

–¿Ah, no? ¿Crees que Ajax no se acostó con ninguna mujer durante todo el tiempo que estuvisteis prometidos?

–Yo... Sí, lo creo.

–Fantaseas entonces. Como cuando se te ocurrió casarte con él.

–Está bien, Alex. Responde a mi pregunta. ¿Ha habido alguna mujer desde que estuviste conmigo?

–No.

Vio que lo miraba con expresión triunfante. Aquella mujer se las arreglaba para sonsacarle siempre la verdad. Le había explicado el motivo de que la hubiera seducido, lo de su madre, la razón por la que odiaba a Ajax. Bueno, le había contado la mayor parte. Porque había cosas que no podía compartir con nadie.

La casa apareció ante su vista. La había mandado construir cuando la isla pasó a sus manos. Era moderna, cuadrada, con ventanas que daban al mar. Nada que ver con la rancia opulencia de la mansión Kouklakis. Con aquella alfombra teñida de sangre.

–Es... minimalista.

–Estaba cansado de tanta alfombra persa y tanta decoración recargada. ¿Qué me dices de ti? ¿Qué tipo de arquitectura prefieres?

Rachel se detuvo de golpe en el sendero. Aquella

pregunta parecía haberle tocado un nervio sensible, sin que supiera por qué.

–No lo sé.

–¿No sabes en qué tipo de casa te habría gustado vivir?

–He vivido en la casa de Ajax –le espetó–. Y en su apartamento de la ciudad. Todos lugares muy bonitos. Pero que no me gustaban.

–¿Y antes de eso?

–Tenía un apartamento. En Nueva York –le había gustado mucho su apartamento, al que había tenido que renunciar antes de la boda. Algo que le había resultado mucho más difícil de lo que había previsto, aunque tampoco merecía la pena llorar por ello–. Y, cuando vengo a Grecia, me quedo en la mansión de verano de la familia.

–Si quisieras hacerte construir una casa, ¿cómo sería?

–No lo sé, ¿vale? Nunca había pensado en ello, pero... ¿qué importa eso? Iba a tener una casa preciosa con Ajax. Y ahora muy bien podría quedarme en la calle porque he roto un acuerdo que era esencial tanto para mi padre como para Ajax. Porque... –de repente cerró los puños–. Tú lo sabías, ¿verdad? –su tono se enfrió de golpe–. Tú lo sabías desde el principio, y todo ese cuento de la sinceridad y que querías casarte conmigo...

Alex no pestañeó, clavando sus ojos azules en ella.

–Quienquiera que se case conmigo se quedará con la compañía de mi padre –continuó Rachel–. No se trata de mí, ni siquiera de atacar a Ajax robándome la virginidad. Querías casarte conmigo para arrebatarle Holt. ¡Estás intentando quedarte con el negocio de mi familia!

–Rachel...

–Tú...

–Si yo hubiera querido eso, si ese fuera el camino que había decidido seguir, habría intentado engatusarte con dulces palabras en Corfú cuando descubriste mi identidad. Y, en cambio, te dejé marchar.

–Pero luego volviste. ¿Pretendías hacerme una declaración de amor y cortejarme para que me olvidara de la boda, y llevarme luego a... Las Vegas o algo así?

Lo inquietante de aquella perspectiva, pensó Rachel, era que podía haber funcionado. Que, si no hubiera descubierto que estaba embarazada, que, si él la hubiera besado y le hubiera dicho que la amaba, ella probablemente lo hubiera dejado todo para irse con él.

Porque sentía algo por Alex. Sentimientos estúpidos, pero sentimientos al fin y al cabo. Sentimientos que deberían haber quedado absolutamente enterrados después de aquel último descubrimiento.

–No entiendo. Incluso aunque lo que me contaste sobre tu pasado con Ajax fuera cierto... sigo sin entender por qué tienes esa pasión por destruirlo.

–Por supuesto que no lo entiendes –repuso él, echando a andar nuevamente hacia la casa–. Porque vives en un mundo de sueños, pequeña. No tienes ni idea de cómo funciona el mundo. Y deberías estar agradecida.

Capítulo 6

RACHEL yacía sobre la colcha blanca con la mirada clavada en el techo. Si no hubiera sido tan cobarde, le habría pedido que la llevara a su casa. Y si no hubiera tenido tanto miedo de no tener una casa a la que volver.

De tenerla todavía, habría estado infestada de periodistas dispuestos a lanzarse sobre ella y sobre Ajax. Y tenían motivos, dado el escandaloso titular de que la novia se había quedado embarazada de otro hombre. La boda del siglo se revelaría como una gran farsa, para deleite de la prensa. Justo en ese momento, llamaron a la puerta.

–¿Sí?

Entró una mujer menuda de pelo oscuro.

–El señor Alex desea que se reúna con él a cenar en la terraza.

–¿De veras? –inquirió ella de mal humor–. ¿Y para cuándo me espera?

–Dentro de diez minutos, señorita.

–Dígale que tardaré veinte, tengo que vestirme. Y dígale también que no deje que eso se le suba a la cabeza.

La mujer asintió y abandonó la habitación. Rachel se sintió como una arpía. Una arpía sudorosa, mala, ya que todavía estaba acalorada por el paseo, y de un pésimo humor. Una rápida ducha hizo maravillas con lo de sudorosa, pero la maldad seguía bullendo mientras se ponía un sencillo vestido negro y tacones del mismo color. Se puso un collar de perlas y se miró de perfil. Maquillaje y peinado estaban bien. Parecía normal. Como la Rachel a la que estaba acostumbrada a ver en el espejo cada día.

Lo cual era extraño, porque no se sentía en absoluto como la Rachel de costumbre. No desde el día en que puso los ojos en Alexios Christofides. Suspiró profundamente y abandonó la habitación para encontrar a la criada esperándola.

–Yo la llevaré con el señor Alex.

–Gracias.

Fue entonces cuando tomó conciencia de lo atrapada que se sentía en aquel lugar. A cada paso que daba por aquel suelo de mármol blanco en dirección a la terraza, tenía la sensación de que una soga se apretaba cada vez más en torno a su cuello.

–La señorita Rachel –dijo la mujer como si estuviera anunciando a una duquesa.

Alex se levantó. Por muy furiosa que estuviera, aquel hombre siempre se las arreglaba para dejarla sin habla. Llevaba una sencilla camisa blanca con el cuello desabrochado y las mangas enrolladas, lo que destacaba el bronceado de su tez. Parecía tan natural y tan ridículamente sexy... No era justo. No era justo que su cuerpo reaccionara ante un hombre así. Un hombre que la había engañado, manipulado y que virtualmente la mantenía cautiva en una isla.

Se sentó, y él lo hizo también.

–Confío en que habrás descansado bien –le dijo Alex.

–Lo dudo. Estoy segura de que sabrás que he pasado la última hora poniéndome frenética en la intimidad de mi habitación.

–Supongo que es normal.

–He descubierto que estoy embarazada, aparte de todo lo demás, de modo que sí, es normal.

–Es por eso por lo que te propuse matrimonio –le recordó él–. No para robarle Holt a Ajax, sino por el bien del bebé.

–Estupendo. Pues debes saber que no me casaré contigo. Ni por el bebé ni por nada. Al menos no hasta que mi hermana se case y yo esté segura, al cien por cien, de que no te quedarás con Holt por culpa de mi indiscreción. No permitiré que perjudiques a Ajax ni a mi familia –de repente se le pasó por la cabeza un sobrecogedor pensamiento–. Ah, y, si se te ocurre ir detrás de mi hermana, te advierto que te cercenaré tu miembro viril con una navaja de filo romo.

–No tengo ningún deseo de seducir a tu hermana –repuso él recostándose tranquilamente en su silla, de cara al mar–. Mis planes, mis prioridades, han cambiado. Mi lealtad está ahora con mi hijo, no con mi venganza.

–Bueno, el embarazo está en su primera etapa, y puede terminar malográndose, así que te lo repito de nuevo, el matrimonio está descartado.

–Para ti quizá, pero no para mí. Yo continuaré sacándolo a colación en las ocasiones en que lo considere apropiado.

–Eres como un grano enorme en el trasero, ¿lo sabías?

–Por supuesto –repuso él mientras se llevaba la copa de vino a los labios.

–Esa es otra razón para no casarme contigo –le recordó ella después de beber un sorbo de agua.

–¿Por qué entonces consentiste en acompañarme?

–Porque soy una cobarde tremenda –respondió Rachel–. Entre otras cosas.

–¿Qué otras cosas?

–También soy una imbécil. No puedo creer que cayera rendida ante tu... encanto. Pero tengo que preguntarte algo, Alex. ¿Cómo es que un tipo como tú quiere tener un bebé?

–Yo no quiero tener un bebé. Quiero a mi bebé, que es algo completamente diferente.

–Yo habría pensado que desentenderte de él sería la solución más fácil para ti.

–¿Y eso por qué?

–Bueno, muchos hombres lo hacen. Y dado que tú te... relacionaste conmigo con la idea de vengarte de Ajax, entiendo que comprometerte con el bebé no servirá para nada a ese propósito. Sobre todo teniendo en cuenta que no me casaré contigo y no dejaré que arrebates Holt a Ajax.

–Es una cuestión de honor.

–¿Tú tienes honor? ¿Dónde estaba tu honor cuando me robaste la virtud en Corfú?

–¿Virtud, dices? La virginidad sí que la recuerdo, me la ofreciste en bandeja. Lo que no recuerdo es habértela robado.

–Es igual. El caso es que todavía no sé qué es lo que quieres.

–Quiero a mi hijo –le dijo bajando la copa y apoyando ambas manos sobre la mesa–. Porque sé bien lo que es crecer sin un padre. Sé lo que es crecer con miedo. Mi hijo nunca conocerá eso, yo lo protegeré. Mientras yo esté a su lado, no tendrá absolutamente nada de qué preocuparse.

Rachel bajó la mirada a la mesa y se encontró con el plato de arroz con pescado que le habían puesto delante. No le resultaba nada apetitoso, a esas alturas tenía un nudo de angustia en el estómago.

–Eso habla muy bien de ti, Alex.

–Cada padre debe velar por su hijo. ¿Qué me dices de ti, Rachel? ¿Velaron tus padres por ti?

–Sí. Mi padre siempre estuvo muy pendiente de mi hermana y de mí, y, cuando apareció Ajax... Quiere a Ajax como a un hijo. Y mi madre también lo quería.

–Dijiste que tu madre había muerto, ¿verdad?

–Hace unos cuantos años. Estaba enferma. Esa es la única razón por la que no llegué a cursar estudios universitarios. Tenía que ayudar. Leah era muy joven y... necesitaba vivir su vida. Mi madre no era una persona de trato fácil, pero estaba enferma y necesitaba a alguien. Así que no puedo arrepentirme del tiempo que pasé con ella –jugueteó con su tenedor–. Pero luego... bueno, Ajax expresó el deseo de que él y yo...

–¿Por qué le hiciste esperar tanto?

–Ahora puedo ver con toda claridad que, si yo le iba dando largas, diciéndole que quería «vivir un poco primero» era porque no sentía nada por él. Salí con otros hombres, pero no fueron relaciones serias porque aunque sabía que Ajax no me prohibía nada, yo seguía teniendo la sensación de que lo estaba engañando. Luego hicimos oficial nuestro compromiso, que se prolongó durante años, y fue una situación... cómoda –bajó la mirada a su vaso–. Pero ahora todo ha cambiado.

–Bueno, todo no. Sigues sin estar casada.

–Y no pienso estarlo.

–¿Porque no confías en mí?

–Sí. Y también hay otra cosa. Mi padre prometió que legaría Holt a la hija que se casara primero y a su esposo. Y cumplirá esa promesa, de modo que tú no sacarás ningún beneficio de esto. Lo siento.

–Lástima.

–Estoy exhausta –dijo de pronto, levantándose–.

Creo que lo de la cena no ha sido una buena idea. Me retiro a mi habitación.

–¿No piensas comer nada?

–Pide que me lleven galletas a la habitación. Y café descafeinado. Con eso bastará.

Se giró en redondo y volvió a su dormitorio. Abrió la puerta con impulso y la cerró dando un portazo. Necesitaba algo. Necesitaba... abrir una ventana para poder respirar. Fue al otro lado de la habitación, descorrió las cortinas y abrió la ventana de par en par. La brisa del mar no consiguió aliviar la opresión que sentía en el pecho.

Tenía unas enormes ganas de llorar, pero no podía. Se había esforzado tanto por mantener sus emociones y sus deseos bajo control que en ese instante era incapaz de desahogarse. Ni siquiera podía ser ella misma cuando estaba sola.

Maldijo a Alex. Estaba tan furiosa con él, tan dolida por lo que le había hecho... Y aun así seguía anhelando aquellos momentos de desahogo, de liberación. Aquellos momentos durante los cuales se había sentido perfectamente cómoda consigo misma, y que solamente él había podido darle. Pero no, no volvería a sus brazos. Nunca más.

Ajax se casó conmigo.

Rachel se quedó mirando el mensaje de texto que había recibido de su hermana, aturdida. ¿Que se había casado con su hermana? ¿Leah se había casado con Ajax?

Cuando aquella mañana le mandó el mensaje, no había esperado aquello. Se sentó inmediatamente ante su portátil y tecleó el nombre de Ajax Kouros. La primera noticia que encontró en la red tenía el siguiente titular: *Ajax Kouros se Casa con una Novia de Recambio.*

–¡Vaya!

Tomó su teléfono y envió un mensaje a su hermana: *Diablos. Acabo de leerlo en Internet.*

La respuesta de su hermana le llegó rápidamente: *¿Eres feliz? Tú no amabas a Ajax, ¿verdad?*

Leah, todavía preocupándose por ella. Rachel era incapaz de imaginarse a su dulce hermanita con Ajax. Diablos, era ella la que estaba preocupada...

No de esa manera. No como para necesitar casarme con él. Envió el mensaje. Era una mentira por omisión, porque en condiciones normales se habría casado con Ajax. Si las cosas no hubieran cambiado. Si no hubiera sido por el bebé.

¿Amas a Alex?

El mensaje de su hermana tuvo el mismo efecto que un puñetazo en el pecho. Porque la transportó de nuevo a aquella noche. A aquellos sentimientos. Sentimientos que no habían tenido nada que ver con nada de lo que hubiera experimentado antes.

Necesito estar con Alex. Tecleó el mensaje, pero no lo envió de inmediato. Era la verdad. Tenía que pensar sobre lo que iba a hacer, tomar una decisión. Solo estaba segura de una cosa: tenía que dar a Alex una oportunidad, la de intervenir en la vida de su hijo. Más allá de eso, no tenía la menor idea.

Acabó su conversación con Leah y arrojó el móvil a la cama. Su anterior argumento de defensa, el de que Alex era el villano de la película, resultaba en ese momento mucho más débil. Aunque era agradable saber que Holt estaba seguro. Que por fin había ido a parar a manos de Ajax, porque aunque no había querido casarse con él, tampoco había querido que lo perdiera.

Pero Leah... Oh, esperaba que su hermana fuera feliz. Y que supiera lo que estaba haciendo. Leah siempre había profesado un cariño especial a Ajax. Siempre se habían llevado muy bien, pero jamás se le había pasado por la cabeza la idea de que pudiera casarse con él.

Justo en ese momento, llamaron a la puerta. Adivinó que se trataba de Alex.

–Adelante –pronunció, irguiéndose.

–Se han casado –dijo Alex nada más entrar.

–Ya lo he visto.

–¿Estás bien? –le preguntó, en un sorprendente rasgo de sensibilidad por su parte.

–Yo... sí. Estoy preocupada por Leah. Yo no quería que ella... se casara con alguien a quien no amaba por mí.

–Quizá no lo haya hecho por ti.

–Por supuesto que lo ha hecho por mí.

–El mundo entero no gira a tu alrededor, ¿sabes?

–No, soy bien consciente de ello. Pero lo que yo quiero no parece que cuente para nada.

–¿Lamentas no haberte casado con él?

–¿Quieres decir si lamento no estar ahora mismo atrapada en un matrimonio sin amor?

–Podrías estar atrapada en uno conmigo.

–Buen intento, pero no. Creo que voy a disfrutar de mi recién descubierta libertad.

–¿Qué quieres decir?

–Lo he estropeado todo. Cuando la prensa se entere... dejaré de ser su princesa. Mi padre se llevará la gran decepción. Leah ha tenido que casarse con alguien que no quiere por mi culpa. Ya no tengo razón alguna para seguir haciendo lo que los demás esperan de mí. Ni para empezar de nuevo –soltó una amarga carcajada–. Y tampoco tiene sentido intentar volver atrás. Probar a legitimar mi situación casándome con el padre de mi hijo cuando eso no cambiará las circunstancias.

–Entonces, ¿estás dispuesta a enfrentarte a la prensa?

–De ninguna manera. Yo... quiero que sepas que, tanto si estaba embarazada como si no, con prensa o sin ella, incluso aunque no hubieras venido a buscarme... yo no me habría casado con él.

–¿De veras? –le preguntó él con voz ronca.

–Sí. Pero ahora mismo no me siento nada valiente. Seguiré escondiéndome. Soy una cobarde, me siento totalmente frágil y quiero ocultarme por un tiempo y analizar... todo lo sucedido. Ver cómo... se desarrolla el embarazo.

–¿Tienes algún motivo para temer que puedas llegar a perder el niño?

Parecía afectado ante la idea, lo cual resultó extrañamente conmovedor. Casi parecía querer el bebé, como si fuera a dolerle en caso de que llegara a perderlo. Ella misma se sorprendió, en aquel preciso instante, de lo mucho que se deprimiría si eso terminaba produciéndose. Quería tener el bebé, fueran cuales fueran las circunstancias.

–No, ninguno al margen de las estadísticas.

–Tengo que volver a Nueva York para trabajar. Necesito entrevistarme con varios clientes en persona.

–Ya. Bueno, pues que te diviertas en Nueva York.

–¿No vas a acompañarme?

–¿Estoy invitada?

–Por supuesto. ¿O quieres quedarte aquí?

Sabía que debería volver a casa y enfrentarse con todo. Con su padre, con todo. Pero todavía no estaba preparada para eso. Todavía no estaba preparada para compartir con su familia su... relación con Alex. Cuando les revelara que estaba embarazada, tendría que confesarles su indiscreción y todavía no estaba en condiciones de decírselo.

–Sí.

–¿Sola?

–De hecho,la perspectiva me parece ideal.

–Bueno, como quieras. Te veré la semana que viene.

Rachel asintió lentamente con la cabeza.

–Hasta la semana que viene, entonces.

–Luego... ya decidiremos lo que haremos.

Ella volvió a asentir, reprimiendo un gruñido. Por su parte, aún no estaba en condiciones de decidir nada.

–La gente no me dice que no, Rachel. Estás advertida.

–Es curioso. Yo te he dicho que no unas cuantas veces.

–Sí, pero antes de que me dijeras que no, me dijiste que sí. Y de forma muy enfática. Estoy seguro de que volverás a decírmelo.

Capítulo 7

ESTABA tan cansado que quería tumbarse para no volver a levantarse en tres días. Pero no quería tumbarse solo. Quería yacer junto a Rachel. Abrazarla mientras se quedaba dormido.

Un efecto del jet lag, seguramente. Era primera hora de la mañana en la isla, noche cerrada en Nueva York. Necesitaba un café. Podía oírla cantar. En la cocina, desafinadamente. Siguió aquella voz como si fuera un rastro de miguitas de pan, al final del cual encontró a una rubia con la melena recogida en lo alto de la cabeza en un desaliñado moño, vestida con un pijama corto y yendo de un lado a otro con una taza en la mano.

–Buenos días –la saludó–. ¿Hay café hecho?

Deteniéndose en seco, Rachel se volvió rápidamente hacia él.

–¡Ay! Me has asustado. No sabía que habías vuelto.

–Te puse un mensaje –era así como se había mantenido en contacto con ella durante la última semana. El ocasional mensaje de texto para asegurarse de que estuviera bien. A veces ella le había respondido sin dirigirle un insulto.

–Todavía no he abierto mi teléfono.

–Me decepciona que no estuvieras esperándome con el aliento contenido.

–Perdona –ella se acercó a la cafetera y llenó una taza.

–Gracias.

–Es para mí.

Alex le lanzó su más maligna mirada y se dirigió al armario para sacar una taza. Se sirvió él mismo.

–No te imaginas lo mucho que necesito en este momento un poco de cafeína.

–Se suponía que yo tenía que limitar el consumo, pero la necesito cada mañana. El médico me dijo que no pasaba nada.

–¿El médico?

–Sí. Pedí que me visitara uno mientras tú estabas fuera.

–¿Y?

–Es demasiado pronto. No te hacen ecografías ni esas cosas a estas alturas.

Se la quedó mirando. La imagen que ofrecía, con las uñas de los pies pintadas de un rosa brillante y el cabello recogido en lo alto de la cabeza le hizo reír, por lo absurda.

–¿Qué pasa? –le preguntó ella.

–Estás tan rara...

–¿Y eso te sorprende?

–La prensa siempre te presenta tan seria y formal...

–¡Bah! Ellos solo ven una pequeña parte de lo que soy, y luego informan de ello. No me conocen ni saben lo que hago cuando estoy en casa.

–¿Eso es culpa suya o tuya?

–¿Qué quieres decir?

–Eres muy reservada. Y, aunque tengo que decir que conmigo no lo eres tanto, lo eres. ¿Hay alguien que te conozca de verdad?

Rachel se detuvo con la taza a medio camino de sus labios.

–Probablemente, Alana. Un poco. Es la amiga con

la que estaba en Corfú. La que me animó a acercarme a hablar contigo. Leah y ella eran mis damas de honor. O deberían haberlo sido, si hubiera seguido adelante con la boda.

Alana había sido su antigua compañera de andanzas. Salía de compras con ella, hablaban de tonterías. Cuando se juntaban con Leah, era Rachel quien se sentía obligada a ponerse seria. Con su padre tenía una relación similar. Y luego estaba Ajax. Con él tenía que ser... tranquila, refinada. Con Ajax era la mujer que aparentaba ser con los medios. Firme, serena. No podía hacer nada que recordara sus sórdidos, pero bien enterrados, años de adolescencia. Con Ajax no podía maldecir, cosa que sí hacía con Alex. Y con alarmante frecuencia. Y no sabía muy bien por qué. Quizá porque la había visto desnuda.

—Yo... De todas formas, hay que adecuarse a las expectativas de los demás, ¿no?

Alex puso los ojos en blanco.

—Yo no sé lo que es que alguien tenga expectativas sobre uno.

—Oh. Bueno, no es tan malo. Significa que tengo que comportarme de cierta manera cuando estoy en una compañía determinada. Así, no voy por ahí diciendo o haciendo cosas raras en público. Me contengo en determinados ambientes.

—Falsa —dijo él.

—¿Qué?

—Que eres una falsa. Y no pasa nada, yo también lo soy. Quiero decir que yo también he aprendido a serlo. ¿Cómo crees que puedo sobrevivir a una semana de reuniones como la que acabo de pasar?

—Yo no soy una falsa.

—No te enfades.

Rachel se dio cuenta de que estaba frunciendo el ceño con expresión feroz.

–¿Cómo no voy a enfadarme cuando me llamas falsa?

–Porque es una habilidad necesaria en la vida. Los camaleones lo hacen.

–Una reflexión muy profunda.

–Es la verdad. Y tú reconoces los beneficios que ello te reporta, tanto si eres consciente de ello como si no.

–Lo que yo hago es comportarme... de acuerdo con el ambiente. Eso no es ser falsa.

–Yo no te estoy juzgando, Rachel. Solo estoy constatando un hecho.

Su teléfono sonó en ese instante, sobresaltándola. Miró la pantalla, aterrada, y suspiró de alivio al ver que se trataba de su amiga Alana. Habían hablado algo durante la última semana. Aunque no le había revelado la noticia del embarazo, su amiga había adivinado la razón de que no se hubiera presentado a la boda y no se había mostrado nada comprensiva.

–¿Sí?

Alana estaba hablando tan rápido que Rachel apenas podía descifrar lo que estaba diciendo.

–He recibido un encargo enorme. Y no podré sacarlo adelante si no puedo comprar los materiales... Solo me llega para la mitad. ¡Y no te lo vas a creer! Una tubería estalló en el piso de arriba, el de la vecina, y me inundó completamente el local. El inventario está arruinado, cosas que no puedo reemplazar, ¡y mi aseguradora dice que la responsable es la aseguradora de la vecina, y viceversa! ¡Es todo una absoluta locura!

–¿Qué puedo hacer yo?

–Es obvio, pero vacilo en preguntártelo.

–Bueno, dado que soy copropietaria del negocio,

tiene sentido que yo te ayude, sobre todo desde que...
¿qué encargo enorme es ese?

–Uno de vestuario de disfraces. No me entusiasma,
pero saldría en los títulos de crédito de la película. Se
trata de una gran producción francesa...

–No me digas más. Voy para allá.

–No tienes por qué venir si es que sigues tan ocu-
pada con ese misterioso hombre.

Rachel alzó la mirada hacia Alex.

–De eso me encargo yo –replicó, y cortó la comunicación–. Tengo que irme a Cannes.

–¿Qué?

–Mi amiga Alana tiene allí una boutique. Técnicamente también es mía, ya que poseo la mayor parte.
Soy una especie de socia en la sombra.

–¿Cómo es que yo no lo sabía?

–Nadie lo sabe, ni siquiera Ajax. Creo en el talento
de Alana como diseñadora y quería apoyarla. Así que
le monté una boutique. Y le hemos estado sacando un
beneficio bastante decente durante los últimos años.
Ahora mismo está pasando por una pequeña crisis, por
culpa de una inundación en el piso de arriba, y parece
que se ha dañado alguna ropa. Así que necesito ir a ver
qué ha pasado e intentar ayudarla en todo lo posible.

–Es muy fácil. Invierte dinero en ello.

–¿Qué? ¿Te refieres a pagar a alguien para que lo
arregle todo?

–¿Por qué no?

–Tengo que hacer economías. Poseo un fondo fiduciario, pero lo necesito para vivir. Y he abandonado el
apartamento que me pagaba mi padre. Acabo de quemar bastantes naves, la verdad. Y debo ayudar cuanto
antes a Alana, porque ahora tiene la oportunidad de
captar un cliente muy importante.

–Yo podría ayudarte económicamente. Ya sabes, si fueras mi esposa, estaría obligado a hacerlo.

–¡Oh, no! Yo no soy tu esposa, ni siquiera tu prometida. ¿Y sabes una cosa? Me siento pero que muy bien no siendo la prometida de alguien. De verdad.

–Me alegro por ti.

–No lo parece por tu tono. De modo que, dado que no soy tu prisionera, necesito salir de esta isla y viajar a Cannes.

–¿Piensas volver?

–No lo sé –se mordió el labio inferior–. Podría quedarme un tiempo con Alana. Probablemente acabaremos compartiendo la custodia del niño.

–No es así como yo quiero que acabe la cosa –repuso él, frunciendo el ceño.

–¿Cómo entonces?

–Como una familia unida. Tú con tu hijo, yo con los dos. Y contigo en mi cama.

Rachel se atragantó con el café.

–¿Qué?

–¿Qué creías que pretendía cuando te propuse matrimonio?

–Bueno, algo no tan... íntimo.

–¿Y por qué no? Estamos juntos, *agape*.

–Solo te acostaste conmigo porque estabas buscando venganza. Querías arrebatarle a Ajax su negocio y su mujer. Todo eso no tenía nada que ver conmigo.

–Supongo que tienes razón –Alex apretó la mandíbula–. Pero las cosas han cambiado. Eres la madre de mi hijo y...

–No. Antes me dijiste que era una falsa. Bien, quizá lo haya sido antes. Pero ni siquiera era consciente de ello. Ese es el problema, que no era consciente de... de lo muy poco que tenían que ver con el amor mis senti-

mientos hacia Ajax. Estoy harta de esforzarme constantemente por complacer a los demás, de hacer que la
gente se sienta cómoda. Esta vez pienso sentirme cómoda yo, con mi bebé. Y punto.

–Bueno, entonces supongo que debo tomarme otra
taza de café y hacer las maletas. Porque parece que nos
vamos a ir a Cannes.

–¿Nos?

–No he acabado contigo, Rachel. Ni de lejos. Y esta
vez yo pagaré la habitación de hotel. Ya que tú pagaste
la última.

–¿No has oído lo que he dicho?

Lo último que ella necesitaba era que Alex le sugi-
riera que retomaran su relación allí donde la habían dejado en Corfú, porque tenía miedo de ser lo bastante
débil como para no negarse. De que le dijera «¡Sí, sí,
tómame!» mientras se tumbaba con él en la cama.

«Aunque sería divertido», pensó. Tal vez no. Pero
no volvería a disfrutar de aquella clase de diversión con
él. No pensaba enredarse en otro compromiso sin amor.

–Sí lo he oído. Nos alojaremos en una suite con dor-
mitorios separados. Una suite de hotel, lujosa e íntima.
Tú no tendrás que gastar nada.

–Vaya, gracias. Pero... ¿por qué?

–Porque no pienso renunciar a ti, *agape mou*. Ni a
nosotros.

–¿Por lo mucho que me quieres? –inquirió ella con
el corazón martilleándole en el pecho. Se lo había preguntado para sacarlo de quicio. Para burlarse. Pero, en
lugar de ello, se descubrió a sí misma temblando, re-
zando en parte para que le respondiera que sí.

–En absoluto. El amor no figura en la agenda de un
hombre como yo, Rachel. Pero una familia... Por eso
sí que merecería la pena intentarlo.

–Pero yo necesito algo más que eso, Alex –tragó saliva–. No me basta con que lo intentes. No pienso ser tu feliz experimento familiar. No sería justo.

–Ahora mismo no tienes ninguna familia feliz, ni experimental ni de cualquier otro tipo, así que... ¿por qué no?

Rachel intentó ignorar el efecto que le causaron sus palabras, pero fue imposible. Porque se había pasado los once últimos años de su vida manteniendo a su familia unida. Siendo lo que ellos querían que fuera. Y en aquel momento todo aquello no existía. En un gesto defensivo, cruzó los brazos sobre el pecho.

Fue entonces cuando fue consciente del bebé que llevaba en su interior. A pesar de ello, nunca en toda su vida se había sentido tan sola y asustada. Como si todo, por dentro y por fuera, le resultara completamente ajeno.

–Yo... tengo que irme. Prepara el avión. Voy a hacer las maletas.

–No. Lucy las hará por ti. Tú descansa, que yo me ocuparé de todo.

–Ni tienes por qué acompañarme.

–¿No quieres que lo haga? –le preguntó él.

–No.

–No siempre puede conseguir uno lo que quiere, *agape*.

Capítulo 8

HAS querido lucirte –le reprochó Rachel mientras contemplaba la suite, caminando hacia el ventanal con vistas al mar.

El vuelo a Cannes había sido rápido, sin mayores problemas.

–La habitación a la que tú me llevaste era muy bonita. Y el servicio excelente.

Alex vio brillar en sus ojos algo que no le gustó. Dolor. Vergüenza.

–No tienes derecho a bromear sobre aquella noche –le dijo ella–. No me gusta recordar la manera en que me utilizaste.

–Tú también me utilizaste a mí. Al fin y al cabo, estabas comprometida con otro hombre. No estabas libre de culpa.

–Pero tú lo sabías. Yo no te engañé.

–¿Tenemos que volver a hablar de eso? Yo me sentía... culpable después de lo sucedido, Rachel. Fue por eso por lo que no llamé a Ajax. Y por lo que fui a buscarte el día de tu boda. Por lo que fui a verte a ti, y no a él.

–¿Te sentías culpable?

–Es algo que suele suceder cuando buscas vengarte de alguien... y te descubres a ti mismo manipulando a otra persona para hacerlo. Con lo que acabas sintiéndote igual que aquel a quien desprecias.

Era la verdad. Después del incidente con Rachel, había llegado a sentirse sucio. Vacío. Víctima o depredador. ¿Qué era él? Ni siquiera conocía la respuesta.

—Te remuerde la conciencia, ¿eh? —dijo ella.

—Quizá no sea tan mala persona como crees. Es posible que no sea tan bueno como me imaginaba, pero tampoco soy un ser completamente inmoral.

—Tú... ¿de verdad creciste en un burdel con Ajax?

—Sí —respondió con un nudo en el pecho—. No creo que él me recuerde. Yo era un niño cuando él se marchó de allí. Tendría quizá unos ocho años. Pero yo sí me acuerdo de él. Y de su padre.

Sentía como un peso de plomo en el pecho. Como siempre que pensaba demasiado en... todo.

—Ajax nunca me habló de la vida que había llevado antes de que entrara a trabajar para mi familia —dijo ella—. Nunca me dijo una sola palabra al respecto y es ahora... cuando me resulta un tanto extraño. Pero Ajax es tan serio y formal... No me lo imagino para nada como el hombre que tú me has descrito.

—No era más que un muchacho en aquel entonces.

—Ni siquiera bebe alcohol. Es el hombre más formal que he conocido, y quizá por eso no me inspire ninguna pasión. Pero es un amigo. No es una mala persona.

—Pero lo fue —replicó Alex, necesitado de justificarse.

—O quizá simplemente pasó por una mala etapa. Como tú mismo has reconocido, tú tampoco te portaste muy bien conmigo.

—No.

—Ni yo contigo. Pero tampoco creo que fuera mi peor comportamiento. Bueno, depende de cómo se mire. Porque no cumplí mi promesa... y eso no fue justo por mi parte.

–¿Cuál fue tu peor comportamiento?

–No quiero hablar de ello. De hecho, lo que debería hacer ahora es salir corriendo en busca de Alana.

–Te acompaño.

–No es necesario.

–Quiero hacerlo. Quiero ser parte de tu vida. Y me siento frustrado porque no sé cómo podría hacerlo sin mentirte.

Rachel frunció el ceño.

–¿Qué me dirías?

–¿Cómo?

–¿Qué me dirías si tuvieras que mentirme para conservarme a tu lado?

Contempló aquel rostro perfecto y aquellos profundos ojos azules en cuyo fondo asomaba el dolor. Un dolor que no quería acentuar, pese a saber que ya lo había hecho.

–Te diría que te amo. Que mi vida no sería nada sin ti. Que te necesito. Más que respirar.

Vio que se le llenaban los ojos de lágrimas y, por un instante, deseó que lo que acababa de decirle fuera cierto. Pero él no sabía cómo sentir aquellas cosas. Y aunque supiera... nunca se arriesgaría a hacerlo.

La imagen de un bebé apareció de pronto en su mente. Un diminuto recién nacido que parecía llorar de necesidad. De necesidad por él. El pecho se le apretó de emoción. De alguna manera volvió a experimentar aquella impotencia que había sentido de niño, rodeado de maldad. Cuando aquellos que deberían haberlo protegido... habían sido precisamente los monstruos.

No había mayor desesperanza que aquella. Y él la había sentido cada día. Una sensación que se había intensificado el día que conoció la verdad. El día en que huyó. «Y ahora vas a ser padre», se recordó. El pensamiento hizo que le flaquearan las rodillas.

–Bueno –dijo ella, interrumpiendo sus reflexiones–, eso sería muy melodramático –tragó saliva, visiblemente–. Y, por supuesto, no te creería.

–Muy sabio por tu parte. Eso se llama aprender de los propios errores.

–Supongo que sí. Bueno, me voy a ver a Alana. Sola. Así que ya puedes buscarte algo para distraerte.

–¿Dónde está la tienda?

–Ya te mandaré la dirección en un mensaje.

–¿A qué hora te espero? –le preguntó él, cruzándose de brazos.

–A ninguna. Ya volveré cuando sea.

–¿De modo que no sabré si los paparazzi te han acorralado en algún callejón o si simplemente te has retrasado? Eso no me gusta. Dime una hora o dame al menos la dirección.

–¿Estás... preocupado por mí?

–Por el bebé –precisó él, con un nudo en el estómago.

–Bueno, por supuesto. Era eso lo que quería decir.

–Ya.

–Me voy. Volveré sobre las siete. Si tardo más, te pondré un mensaje.

Alex asintió y se la quedó mirando mientras abandonaba la habitación. Quizá debería estarle agradecido por haber rechazado su proposición de matrimonio. ¿Qué sabía él de ser padre, de ser un buen marido? Lo único que sabía era que sentía la necesidad de estar cerca de ella. De protegerla. Al igual que a su bebé.

Quería ofrecer su protección a los dos. Pero ignoraba cómo podría protegerlos de él. No, nunca les haría el menor daño físico, pero... Siempre se había imaginado la sangre de Ajax como si fuera veneno corriendo por sus venas. Era una visión que había tenido de niño cada vez que lo había visto a él, o a Nikola, pasar a su lado. Y que, si podía cortárselas, el mal afloraría. Exudaban mal. Hasta que descubrió la verdad. Que aquella sangre era también la suya.

A Rachel se le erizó el vello de los brazos al contacto de la fresca brisa marina. Alana y ella acababan de cerrar la tienda después de evaluar los daños. Su amiga se había retirado ya a su apartamento, con su novio.

Ella se había quedado en la puerta de la tienda, contemplando el muelle con los barcos atracados y el horizonte azul al fondo. Inspiró profundamente mientras experimentaba una extraña sensación de cosquilleo que le nacía en el cuello y terminaba en la punta de los dedos. No era miedo. Pero era algo urgente que no podía ignorar.

Hasta que de pronto lo entendió. Alex caminaba hacia ella, con las manos en los bolsillos. Relajado, vestido con una camisa azul claro de cuello abierto y unos tejanos oscuros.

—Me alegro de no verte enterrada bajo una nube de fotógrafos.

—Y yo. Suerte que es temporada baja.

Fue un momento extraño, parecido al que se había producido un mes atrás, en Grecia. La atracción era la misma. Tanto si le gustaba como si no, tanto con anillo de compromiso como sin él, estaba presente. Con o sin complot para seducirla y vengarse de Ajax. Con o sin bebé.

Sabía que él también la sentía. Podía verlo en sus ojos azules de mirada traviesa. Estaba pensando en sexo, en pecado y en todas las cosas maravillosas que habían hecho juntos. Por alguna razón, tenía con aquel hombre una conexión que no lograba explicarse y que no deseaba en absoluto. ¿Por qué no podía ser sencillamente el canalla que la había seducido, la simple causa de su embarazo? Pero había más.

–¿Cenamos? –propuso él. La pregunta era otro eco del pasado.

–Sí –sintió su mirada acariciando sus labios y su cuerpo reaccionó de inmediato.

Él le tendió la mano, pero ella no la aceptó. Porque sabía que, de hacerlo, se hundiría de verdad.

–¿Dónde vamos a cenar? –le preguntó.

–Detestaría desperdiciar la terraza que tenemos en el hotel. Había pensado en cenar en la suite. De hecho, la cena ya nos está esperando. Y yo beberé zumo de uva, al igual que tú.

–Vaya... es todo un detalle por tu parte.

–Pareces sorprendida.

–Lo estoy –empezó a caminar a su lado, agudamente consciente del esfuerzo que ambos hacían por no tocarse, pese a lo cerca que estaban.

Se suponía que su caparazón debía protegerla. Todos aquellos años reprimiéndose, evitando que surgiera la pasión, aprendiendo a ocultar cada sentimiento, cada deseo y cada necesidad bajo un impenetrable muro de acero. Todo aquello debería haberla ayudado, preservado. Pero no era así. Once años de autocontrol parecían haberse evaporado de golpe.

Entraron en el hotel en medio de un absoluto silencio y subieron en el ascensor hasta la suite. Las dobles puertas de la terraza estaban abiertas, de manera que la luz rosada del crepúsculo bañaba el salón. En la terraza, sobre la mesa puesta para dos, una botella de zumo de uva se enfriaba en un cubo con hielo como si fuera champán. Alex había cuidado hasta el último detalle.

–Muy romántico –comentó ella en tono seco.

–Ah. ¿Te lo parece? –miró a su alrededor como si el pensamiento le sorprendiera–. Yo solo pedí que nos subieran una cena para dos y que no nos molestaran. Por una cuestión de intimidad, ya que hablaremos de temas personales y tú eres una figura pública. Te aseguro que lo del romanticismo no se me pasó en ningún momento por la cabeza.

–Naturalmente que no. Ahora que lo pienso, tú no eres nada romántico, ¿verdad?

–Nunca he tenido mucha práctica en eso. Pero me gustaría pensar que lo fui de alguna manera la noche que pasamos juntos.

–Me sedujiste. Eso fue algo completamente diferente. Yo no estaba buscando romanticismo.

–Entonces, ¿estabas buscando sexo?

–No –respondió ella–. Pero creo que fue por eso por lo que funcionó –se sentó y sacó la botella del cubo, mirando el corcho con expresión desconfiada–. Tiene un corcho.

–Sí.

–Estas cosas me aterran. Ábrela tú –le entregó la botella a Alex, que enseguida hizo saltar el tapón–. ¡Ay! –esbozó una mueca al oír el sonido–. Siempre me imagino que me da en un ojo.

–Una posibilidad harto improbable –él se rio–. Pero nunca está de más ser prudente.

–Ese ha sido ciertamente el lema de mi vida.

Alex enarcó una ceja mientras le servía el efervescente líquido.

–Lo ha sido durante mucho tiempo –añadió ella–. Porque... al final acabas por pasarlo mal cuando sales demasiado.

–Bueno, yo no salgo casi.

–¿Nunca sales con nadie?

–No. Solo tengo aventuras de una noche. A veces mujeres con las que salgo un par de fines de semana. Nada más.

Extrañamente, no la molestó escuchar aquello. Se habría molestado mucho si se hubiese enterado de que había amado a una mujer, o a varias. Y no tenía ganas de analizar el porqué.

–Eso me parece inteligente –comentó–. En cierto aspecto, quiero decir. A mí seguro que no me funcionaría, porque el tipo con quien saliera enseguida acudiría a la prensa.

–Eso debe de ser muy engorroso. A mí me gusta estar alejado de los focos.

–Si llegan a verte conmigo... quiero decir que, cuando la prensa descubra lo nuestro... la situación cambiará. Eres consciente de ello, ¿verdad? Perderás tu intimidad.

–Lo soportaré –Alex alzó la tapa de la bandeja y descubrió una fuente de pescado.

Un pescado entero. El pescado no le desagradaba, pero después de haber pasado tanto tiempo en Grecia y luego en la isla, temía que fueran a salirle escamas.

–Me encanta el mar, por supuesto –dijo–. Pero, para ser sincera, sus habitantes no me entusiasman –señaló el pescado con la cabeza–. ¡Aj! Tiene cabeza y ojos.

Alex se echó a reír mientras hacía la fuente a un lado.

–Ahora vengo.

Abandonó la terraza y Rachel no pudo evitar fijarse en su trasero. Bajó enseguida la mirada a su copa y no se dio cuenta de que había vuelto hasta que le oyó decir:

–He pedido que nos suban una pizza.

–¿Una pizza? –ella se echó a reír.

–Me han prometido que estará aquí en diez minutos.

–Dime que no llevará anchoas, porque entonces no habremos resuelto ninguno de mis problemas.

–Nada de anchoas. Te lo prometo. La he pedido de piña.

–¡Me encanta!

–Y a mí.

Una extraña sensación de calma se instaló entre ellos, aún más inquietante que la tensión anterior. Aquello no tenía nada que ver con lo ocurrido hacía un mes. Tenía un punto de domesticidad que la afectaba muy en el fondo.

–Al diablo el romanticismo –comentó ella, riéndose.

Alex se encogió de hombros.

–Así está mejor. Es real, al menos.

–Cierto –abrió la caja que acababan de llevar y tomó un trozo de pizza–. Dime una cosa. ¿Comes pizza muy a menudo?

–¿Quieres que te cuente un secreto?

–Sí.

Se inclinó hacia ella, mirándola intensamente.

–Después de abandonar el... la mansión, no tenía dinero alguno. Así que dormía donde podía y comía lo que podía. Y pese a todo seguía sintiéndome bien por dentro, porque no formaba ya parte de aquel horrible lugar.

–Lo entiendo.

–Pero una vez que empecé a ganar dinero, y me hice con un apartamento... no me apetecía comer langosta o filete *mignon*. Ya había tenido todo eso, viviendo en aquella casa. Los yonquis vomitaban en los pasillos, la gente tenía sexo en público, pero luego nos sentábamos a cenar formalmente como si fuéramos una familia de locos, en plan lujoso. En mi vida había encargado una pizza. Así que, después de aquello, estuve encargando una casi cada noche durante... mucho tiempo.

Bajó la mirada a su trozo de pizza. Era extraño; a veces parecía tan joven... y otras veces parecía como si tuviera mil años.

—¿De qué la pediste aquella primera vez?

—¿La pizza?

—Sí. Seguro que lo recuerdas.

—De pepperoni —sonrió—. Con aceitunas negras. Al estilo de Nueva York. Por supuesto, en aquellos días soñaba con viajar a Nueva York. Ahora vivo allí.

—Yo pasé buena parte de mi infancia en Nueva York —le explicó ella—. Y la mayor parte de mi vida adulta. Tuve la suerte de viajar desde bien pequeña.

—Yo apenas puse un pie fuera de la mansión Kouklakis hasta que tuve catorce años.

—¿Qué?

—No había... ningún otro sitio a donde ir. Y no querían que habláramos con nadie. Que nadie nos preguntara. No éramos muchos niños. Teníamos que tener cuidado y pasar desapercibidos ante la gente que podía querer... usarnos, gente que acudía a fiestas y esas cosas. Y debíamos tener cuidado también con lo que decíamos. Unas palabras de más podían poner a la policía en la pista de Nikola y eso habría sido imperdonable. La muerte segura.

—¿Habrían sido capaces de matar a... niños?

—Ellos nunca se habrían ensuciado las manos, pero sí que habrían contratado a alguien para que lo hiciera —tomó otro trozo de pizza—. Me libré de todo aquello. Y ahora estoy comiendo pizza. Eso es un final feliz, ¿no?

—¿Tú crees?

—¿Qué quieres decir?

–Que todavía no ha terminado –respondió ella–. Ahora mismo estamos sentados comiendo pizza, sí. Pero no va a producirse ningún fundido en negro. La historia continúa.

–Cierto.

–Se abren muchos caminos posibles. Y me temo que ninguno de ellos es tremendamente feliz.

Alex soltó un gruñido de frustración.

–Quizá porque estás buscando algo que yo no puedo darte. Podrías ser feliz si solo...

–¿Si solo qué?

–Te comprometieras. Estabas dispuesta a hacerlo por Ajax, y eso que no lo deseabas. No estabas embarazada de él. Bueno, ahora vas a tener un hijo conmigo y además me deseas, así que no veo razón alguna por la que no quieras casarte conmigo en lugar de con él. ¿Qué es lo que ha cambiado?

–Creo que yo he cambiado –Rachel bajó la mirada–. Quizá ahora tenga menos miedo de lo que podría sucederme si me esforzara realmente en encontrar la felicidad.

–Yo creo que podría hacerte feliz. En la cama.

Rachel soltó una tosecilla nerviosa.

–De eso se trata, precisamente.

–Yo te deseo, Rachel. Te deseo desde la primera vez que te vi. Y no es que te esté mintiendo para retenerte aquí. Te estoy diciendo la verdad. Sé que esto no quiere decir nada para ti, pero desde el momento en que te vi, me olvidé de Ajax y de cualquier sentimiento de venganza. Porque solo podía pensar en tenerte desnuda, en hacer el amor contigo. Quizá no sea muy romántico, pero te juro que solo me importabas tú.

El corazón de Rachel latía acelerado, atronándole los oídos. En un impulso, se inclinó hacia delante, lo agarró del cuello de la camisa y lo besó en la boca. No sabía lo que estaba haciendo ni por qué. Solo sabía que no podía detenerse. Sus palabras resonaban en sus oídos: «Solo me importabas tú».

Él la tomó de la nuca y profundizó el beso, acariciándole la lengua con la suya. Una oleada de deseo la barrió por dentro. Se dijo que no debería estar besándolo. Que no debería complicar todavía más su situación cediendo a la química que existía entre ellos.

Pero él le había dicho que la deseaba. Y todo en su persona había reaccionado a eso. Había luchado por liberarse, por romper los límites que se había autoimpuesto. Quería ofrecerle su pasión. Quería otra oportunidad de sentir algo. Era como emerger por fin a la superficie y llenarse los pulmones de aire.

Alex rodeó la mesa, volvió a atraerla hacia sí y la besó con pasión. Ella le echó los brazos al cuello. Abrazándola con fuerza, la acorraló contra la pared de piedra de la terraza.

—Te necesito, Rachel —murmuró mientras le besaba las mejillas, el cuello, la clavícula—. *Theos*, ¿cómo he podido sobrevivir durante todo este tiempo sin tocarte?

Rachel sentía ganas de llorar. Todo aquello era demasiado para una chica como ella, acostumbrada a esconderse en su concha. Pero no podía detenerse. Le abrió la camisa sin preocuparse de saltarle los botones. Rápidamente se la bajó por los hombros y deslizó las manos por los duros músculos de su pecho, por su áspero vello.

—Eres tan guapo...

—Ya hemos tenido esta conversación antes.

—Lo sé, pero es que es lo único que puedo pensar cuando te veo. Cuando te toco. Tú me haces sentir... Alex, no entiendo nada. Yo no sabía que era así. Creía que había dejado de serlo.

La besó, obligándola a apoyar la cabeza en la pared, su dura superficie era lo único que impedía que se fuera al suelo. Deslizó entonces una mano hasta su muslo, le alzó la pierna y se la enredó en torno a su cintura, al tiempo que apoyaba la otra mano en la pared.

Empezó a frotarse contra ella, con la dureza de su excitación haciendo contacto justo en el lugar adecuado. Rachel lo aferró con mayor fuerza mientras se movía también contra él, cada vez más cerca del orgasmo.

La besó entre los senos, trazando un sendero con la lengua hasta el borde del vestido. Y continuó bajando, sin dejar de sostenerle la pierna mientras se agachaba, hasta que quedó de rodillas. Le alzó la falda del vestido.

–Recuerda que te dije que me gustaban los preliminares, pero aquella primera vez... fue demasiado rápido. Necesito compensarte ahora.

–Yo... ¡Oh!

Deslizó un dedo bajo las bragas y la acarició allí donde más húmeda y dispuesta estaba. Rachel podía sentir su aliento contra su piel, ardiente, tentador. Su dedo iba dejando un rastro de fuego a su paso.

–¿Y bien, cariño? –le preguntó.

–Ahora no puedo hablar, así que no me hagas preguntas. No es justo.

–Lo que no es justo es que esté temblando tanto –le confesó mientras apartaba las bragas–. Tú eres la culpable, ¿sabes?

–Yo no...

Entonces sus labios hicieron contacto con su sexo y Rachel fue ya incapaz de pensar, o de respirar. Y mucho menos de hablar. La lengua de Alex acariciaba la carne húmeda, tentando su clítoris, deslizándose profundamente en su interior. Apoyó ambas manos en la pared, desesperada por sujetarse en algo, lastimándose los nudillos.

La agarró de las nalgas con su ancha mano para acercarla mejor hacia sí, contra su boca. Sus labios y su lengua parecían obrar una extraña magia, empujándola al borde del orgasmo. Rachel apoyó las manos sobre sus hombros y echó la cabeza hacia atrás en el instante en que él deslizaba profundamente un dedo en su interior. Las estrellas del cielo se nublaron de golpe, y, cuando Alex introdujo un segundo dedo, todo estalló en una lluvia de luces.

La soltó de pronto y se irguió, apretándose contra ella mientras la besaba con pasión, con la evidencia de su propio deseo en los labios.

–Dentro... –gruñó.

Rachel se apartó de él para dirigirse tambaleándose al dormitorio. Él abrió la puerta y entró detrás de ella, besándola en el cuello. La obligó a volverse para besarla en la boca.

–No puedo esperar –le confesó mientras le bajaba primero el vestido y luego las bragas, mientras ella se ocupaba de desabrocharle los tejanos.

Él se los bajó de golpe junto con la ropa interior, quedándose gloriosamente desnudo. La agarró entonces de los muslos y la levantó de manera que pudiera enredar las piernas en torno a su cintura, antes de tumbarse con ella sobre la alfombra.

–Por favor, Alex, te necesito.

Se colocó en posición y entró en ella, llenándola, dilatándola. Rachel se sintió feliz por primera vez en semanas. O quizá en once años. Más satisfecha, más ella misma.

Pero de repente no existió ya nada más que la mezcla de sus alientos y las roncas palabras que Alex le susurraba al oído. Palabras que acentuaban su deseo y amplificaban su excitación.

Una vez acabado el orgasmo, se quedó consternada al descubrir que empezaba otro. Con cada caricia, con cada palabra susurrada, la excitaba más y cada vez más rápido. Deslizando una mano bajo sus nalgas, Alex le alzó las caderas y empujó con mayor fuerza todavía.

Empujó una última vez más, con un gruñido ronco. Aquel sonido, su pérdida de control, la expresión de torturado placer de su rostro, fue todo tan intenso que Rachel lo sintió como si reverberara en su interior, multiplicando su placer. Hasta que sus respectivos orgasmos se fundieron en uno solo, al igual que sus cuerpos.

Cuando todo terminó, el ruido del tráfico procedente de la terraza penetró en su conciencia. Alex se apartó de ella para quedar tendido boca arriba en la alfombra. La brisa refrescaba su cuerpo desnudo y húmedo de sudor.

–Vaya –dijo ella.

–Sí. Vaya –había alzado los brazos y cruzado las manos debajo de la cabeza.

–Supongo que ha sido inevitable –se sentó, abrazándose las rodillas.

–Ciertamente –repuso él. Incorporándose y volviéndose hacia ella, le acarició una mejilla–. Porque ha sucedido.

–Pero no hemos conseguido arreglar nada.

–No, aunque el sexo no suele servir para eso.

–Yo había pensado que podríamos... –Rachel se interrumpió, porque en realidad no sabía lo que había pensado. ¿Que acabaría con el misterio? ¿Que rompería el vínculo que los unía? ¿O que encontraría alguna respuesta a sus preguntas, a sus reservas?

No, no había pensado en nada de eso. No había pensado más que en su propia necesidad, la necesidad de poseerlo. Pero en ese momento, con la neblina del orgasmo despejándose poco a poco, fue intensamente consciente de que estaba desnuda junto a un hombre al que no conocía. Se encogió por dentro. Conocía bien las consecuencias de exponerse demasiado, y eran todavía peores que las de contenerse, reprimirse. Su madre había sido una experta en lo último. Siempre tan perfecta, tan elegante... Rachel siempre había intentado ser así, y nunca lo había conseguido del todo. Había fracasado once años atrás, espectacularmente. Y había vuelto a fracasar con Alex.

—Creo que necesito...

—¿Un cigarrillo? —sugirió él.

—No —se echó a reír—. Hace que no fumo... más de una década.

—Pero ¿fumabas? Me sorprende.

—Creo que te sorprendes con demasiada facilidad —respiró hondo—. Todo el mundo tiene un pasado más o menos oscuro.

—¡Dímelo a mí! Es solo que me pareces demasiado... modosita, para haber tenido un pasado oscuro.

—¿Yo te parezco modosita?

—Quiero decir que... bueno, eras virgen. Y tu nombre nunca salió en la prensa por algo siquiera remotamente escandaloso.

—Para mí, la virginidad equivale más bien al miedo.

—No parecías tener miedo cuando te acostaste conmigo. Aunque temblabas un poco.

—Te odio.

Alex se levantó, todavía desnudo. Sin que eso le preocupara lo más mínimo.

—Apuesto a que la gente del edificio de enfrente estará disfrutando del espectáculo.

Se giró y saludó con la mano a quienquiera que pudiera estar viéndolo.

–Probablemente.

–Dios mío, Alex, ¿es que no tienes vergüenza?

–No. Una consecuencia de la infancia que tuve, me temo. Es difícil tener vergüenza después de haberme criado donde me crie.

–Pero la gente del edificio de enfrente puede que sí la tenga.

Sonriendo, recogió sus calzoncillos negros del suelo y se los puso.

–¿Así está mejor?

–Para algunos, sí.

–¿Pero no para ti?

–La verdad es que no –sintió que se ruborizaba.

–¿Cómo has podido mantener toda esa pasión oculta durante tanto tiempo?

–La escondo tan bien que incluso me la escondo a mí misma –respondió, esperando reconducir el tema–. Solo que... digamos que en el pasado tomé algunas pésimas decisiones. A punto estuve de quemar mi vida para siempre por culpa de ellas. Pero aprendí la lección. Aprendí que en este mundo no puedes hacer nada sin que te alcancen las consecuencias.

Se miraron fijamente. Ella seguía desnuda, y él casi. Fue en aquel instante cuando Rachel tomó conciencia de lo poco que sabía cada uno del otro. En realidad, no lo conocía en absoluto.

Y allí estaba ella, después de haberse entregado a él de la manera más íntima posible, embarazada de un hijo suyo, y aferrándose a aquella vergüenza tan profundamente enterrada en su interior.

–¿Sabes lo que solía apasionarme?

–¿Qué?

–Conducir a toda velocidad. Era una... una verdadera insensata al volante. Cuando estábamos en Grecia, de adolescentes, Alana y yo solíamos hacer recorridos juntas por el país. Yo tenía un coche rojo, muy bueno, y... me gustaba pisar el acelerador. Tenía la sensación de no ser Rachel Holt, la gran decepción de mi madre. Me evadía conduciendo rápido.

–Los adolescentes son así.

–Sí, supongo que hasta cierto punto era algo normal. Pero no era inteligente, ni seguro. Sobre todo cuando además había estado bebiendo. Era una completa estupidez. Supongo que quería rebelarme contra una vida que no me gustaba. Yo solo quería sentir algo. Algo excitante y peligroso. El viento en la cara, las burbujas en la sangre... Y también me gustaba flirtear.

–Eras una inocente, así que no...

–Una cosa es ser virgen y otra muy distinta no tener ningún tipo de relación. Un hombre como tú debería saberlo mejor que nadie –repuso, tensa.

–Ah –no pareció muy contento con aquella revelación.

–¿Te molesta no ser el primer hombre con el que tuve relaciones íntimas? Aunque no estoy muy segura de que las cosas que podía hacerle a un tipo en la parte trasera de un coche pudieran llamarse así.

–Eso nunca salió en la prensa. Todo el mundo decía de ti que eras...

–¿La santa heredera que se pasaba los días en una nube tocando el arpa? Ya lo sé. Pero eso no era ninguna casualidad. Mi padre me cubría las espaldas durante todo el tiempo. Pagaba a cada policía que me detenía, compraba las fotos que me hacían en los clubes nocturnos sin que yo me diera cuenta. Evitaba que me descubrieran. Hasta que... –se le cerró la garganta. La vergüenza la ahogaba–. Hasta que hice algo realmente estúpido. Y durante un año entero, Alex. Estuve a punto de perderlo todo, de cambiar para siempre la imagen que la gente tenía de mí... Y, por supuesto, cambié la que tenían mis padres.

–¿Qué sucedió? –le preguntó él repentinamente tenso, como si fuera a saltar en cualquier momento sobre un enemigo imaginario.

Desafortunadamente, el único enemigo era ella misma. Los deseos que la habitaban.

–Conocí a un tipo en un club, Colin. Me gustaba mucho. Bailamos un par de fines de semana seguidos. Era guapo y tenía una bonita sonrisa. Él me decía que yo era preciosa –puso los ojos en blanco y bajó luego la mirada a sus manos, avergonzada.

Aquella escena le recordó la entrevista en el despacho de su padre, de pie ante él, dudando y temblando, cuando tuvo que confesárselo todo y humillarse. Porque la alternativa habría sido humillarse ante el mundo entero.

–El caso es que terminé en el asiento trasero del coche con él y... Ya sabes lo que eso significa. Aparcamos en la playa. Él sacó su videocámara. Todavía no existían las cámaras de móvil con conexión a la red, y menos mal.

–¿Qué hizo?

–Me grabó. Me pidió permiso y yo pensé: «¿Por qué no?». Me pareció sexy que él quisiera guardar un recuerdo de aquel momento. Yo tenía diecisiete años y estaba borracha. Él me deseaba y... Bueno, lo que yo estaba buscando realmente en esos días era sentirme deseada. Por mí misma. Aunque solo fuera por mi habilidad para hacerle una... Ya sabes.

–¿Te grabó mientras...?

–Sí. Y a la mañana siguiente me desperté con un terrible dolor de cabeza y muy pocos recuerdos de lo que había sucedido. Hasta que esa misma tarde Colin se presentó en mi casa con la idea de llevar las cosas todavía más allá. Yo le dije que no porque... todavía no me sentía preparada para dar el paso. Él se enfadó entonces y me amenazó. Dijo que tenía el vídeo y que iba a enviarlo a la prensa, a difundirlo en Internet. Y a mí me entró un miedo terrible a que... eso saliera allí, yo... haciéndolo. Todavía siento pánico solo de recordarlo. No puedo imaginarme nada más humillante. Y lo siguiente en la escala de humillación fue cuando tuve que contárselo a mi padre y pedirle que me sacara del apuro.

–¿Qué sucedió?

–Él me protegió, porque era lo que siempre había hecho. Pero se llevó una terrible decepción. Fue entonces cuando me dijo que no estaba dispuesto a protegerme más. Me recordó que habría podido sucederme cualquier cosa. Conduciendo borracha, saliendo con desconocidos... Me dijo que si seguía así acabaría matándome y que no pensaba quedarse sentado a ver cómo lo hacía. Que no pensaba continuar proporcionándome los medios para hacerlo. Que se acabaría el dinero, la ayuda. Me dijo que tenía que comportarme, si no quería perderlo todo. Y desde entonces... lo he hecho. Me he comportado bien. Hasta ahora. Supongo que a estas alturas me habrá desheredado.

–Es por eso por lo que no quieres llamar a casa.

–Sí. No quiero saberlo –le ardían los ojos, pero seguía sin poder llorar–. No quiero volver a ver la mirada que me lanzó en aquel entonces. Como si fuera... un caso sin remedio. La verdad es que no sé por qué hice todas aquellas cosas. Pero sí sé por qué dejé de hacerlas. Porque esperaba hacer algo de provecho con mi vida, más allá de salir de juerga todos los días.

–¿Y ese algo de provecho era casarte con un hombre al que no amabas y con el que ni siquiera querías acostarte?

Aquellas palabras tuvieron en ella el mismo efecto que un puñetazo.

–Pues parece que lo que realmente estaba esperando era conocer a un desconocido, tener una aventura de una sola noche y quedarme embarazada de él. Mis objetivos eran mucho más elevados que un simple matrimonio sin amor.

–Tengo la sensación de que tu padre fue injusto contigo, aunque tú hubieras tomado una serie de decisiones equivocadas. Decisiones que yo no soy nadie para criticar. Fue ese tal Colin quien decidió hacer público lo que era un encuentro privado. Fue él quien te amenazó con ir a la prensa.

–Yo... él no estaba allí para soportar las recriminaciones de mi padre.

–Y fuiste tú la que tuvo que cambiar.

–Y cambié realmente, Alex. Te lo aseguro.

–¿De qué huías?

–¿Qué quieres decir?

–Toda la gente que he conocido que abusaba del alcohol o de las juergas hasta que terminaba perdiendo la consciencia, y he conocido a muchos dado el lugar donde me crie, pretendía huir de algo, por alguna razón. ¿Cuál era la tuya?

–Yo no... –parpadeó rápidamente y desvió la mirada–. Yo no tenía que preocuparme tanto por ser lo suficientemente buena... cuando hacía todo aquello. Me sentía... feliz.

–¿Y desde que dejaste de hacerlo?

–Hasta hace poco, pensaba que me sentía bien. Los sentimientos no importaban.

–¿Así que cambiaste una forma de negar tus sentimientos por otra? ¿La nueva solución era negarlos?

–Perdona que te lo diga, Alex, pero eso es algo de lo que tú no puedes saber nada.

–¿De veras?

–Sí. No pretendo ser cruel, pero... ¿quién podía tener alguna expectativa sobre ti? Cuando descubrí quién eras, supe que me habías utilizado porque tu nombre ya era sinónimo de un legendario canalla. Ya habías intentado destruir a Ajax con aquellas acusaciones de fraude fiscal.

Alex esbozó una media sonrisa.

–Y las probabilidades de que fueran ciertas eran extremadamente altas. Así se ha demostrado con muchas grandes corporaciones.

–Yo dudo que Ajax haga esas cosas.

De repente, Rachel se sintió todavía más desnuda que unos momentos atrás. Se abrazó, estremecida. Podía ponerse la ropa, pero tenía la impresión de que no por ello lograría entrar en calor. Porque Alex ya la conocía. Conocía lo peor de ella.

Y lo que ella sabía de él... sabía que tenía una opinión pésima de Ajax. Y sabía lo de las pizzas. Pero no lo conocía verdaderamente.

–Háblame de ti –le pidió–. ¿De qué te avergüenzas tú?

–Yo no me avergüenzo de nada –desvió la vista. Cuando volvió a mirarla, tenía una expresión feroz–. He visto demasiadas cosas, he hecho demasiadas cosas. Y no me arrepiento de ninguna. Porque todas ellas han hecho de mí quien soy ahora.

–Eso es un tópico. Todos nos arrepentimos de algo. Yo me arrepiento de haberme metido en aquel coche con Colin. De haber bebido tanto. De haber dejado que me grabara con su videocámara.

–Pero eso no cambia nada. ¿Para qué molestarse?

–Porque cambió algo. Me cambió a mí.

–Ya. ¿Y es por eso por lo que ahora eres una mujer tan feliz y equilibrada?

–No. He demostrado, una vez más, que cuando sigues tus sentimientos y tus hormonas y... otras cosas que no son lógicas, suceden cosas estúpidas.

–¿Es así como ves a nuestro bebé? ¿Como algo estúpido?

–Yo no he dicho eso.

–Has dicho que suceden cosas estúpidas.

–¿Quieres que te diga que tomé una magnífica decisión al acostarme contigo cuando estaba comprometida con otro hombre? No soy capaz de mentir en algo como eso.

–No, solo omites la verdad cuando te conviene.

–Cállate, Alex.

–Acabas de pedirme que te cuente cosas de mí.

–Entonces hazlo. Pero no me ataques. No estoy de humor. ¿Acabo de confesarme a fondo contigo y encima tengo que soportar tus críticas?

Se hizo un tenso silencio.

–Lo siento. No me han impresionado tanto tus revelaciones porque solía ser testigo de interpretaciones en vivo de lo que tú hiciste en aquel vídeo... en los pasillos de la mansión Kouklakis. Cuando no era más que un niño –añadió con tono amargo–. ¿Quieres que te cuente las cosas de las que me avergüenzo? –le dio la espalda, con todos los músculos rígidos–. He visto a mi propia madre arrodillada delante de un hombre. La he visto llorar, suplicar y ofrecer sus servicios a cambio de la oportunidad de quedarse en aquella mansión –se volvió

hacia ella–. La oportunidad de cuidarme. Porque me
quería, me imaginaba yo. Pero no era verdad. Era por
amor, sí, pero no a mí. Era porque amaba la heroína y
al hombre que la poseía y se la suministraba. Bien,
¿quieres saber lo que es sentir verdadera vergüenza? Es
descubrir que tu madre ama más las drogas y el sexo
que a ti. Eso te quema por dentro, Rachel, más de lo
que puedes imaginarte.

–Alex...

–No –la interrumpió, acercándose a ella–. No necesito tu compasión. Ya no soy aquel muchacho. No soy
una víctima. Me escapé por un pelo... No escapé limpio
de aquella prisión, pero escapé.

–¿Es por eso por lo que odias tanto a Ajax? ¿Porque
él salió de allí intacto y le fue bien después?

–Por supuesto que esa es una de las razones por las
que lo odio.

Porque Ajax era tan normal... mientras que a él lo
habían destrozado. No llegó a pronunciar las palabras,
pero Rachel llegó a sentirlas.

–¿Qué sucedió cuando te marchaste?

Estiró una mano hacia ella y la tomó de la nuca para
acercarla hacia sí.

–No quiero seguir hablando.

–Alex...

La besó. Fue un beso duro, imperioso.

–No me tengas miedo, Rachel –le dijo mientras deslizaba las manos por su cuerpo–. No te escondas de mí.

–Alex... –suplicó. Pero ¿qué era lo que le suplicaba?
¿La libertad? Que la liberara aunque solo fuera por un
momento de la jaula en la que ella misma se había en-
cerrado.

–Conmigo no hay vergüenza que valga –pronunció
él contra sus labios–. Ninguna en absoluto.

Aquellas palabras dispararon un resorte oculto en su interior, una necesidad que se había estado negando durante demasiado tiempo. Desarraigada de la culpabilidad que se había enredado en su alma como una hiedra.

–Tú me deseas –añadió él mientras le besaba el cuello–. Dime que me deseas.

–No puedo...

–Dime lo que quieres –le dijo con voz firme mientras bajaba la cabeza y se apoderaba de un pezón con los labios.

–Acabamos de hacer esto hace como una media hora –ella jadeó.

–Ya lo sé. Y tú ya me deseas de nuevo. Porque eres una mujer apasionada, Rachel, pienses lo que pienses. Porque tienes deseo. Mucho. Y eso es hermoso.

Sentía algo removiéndose en su pecho. Inspiró profundamente, intentando dominar la súbita, inesperada corriente de emoción. No tenía tiempo para aquello. No en ese momento. No cuando Alex la estaba besando de aquella forma. No cuando él había agarrado el antiguo recuerdo que ella le había confesado y lo había vuelto del revés, cambiando lo que ella sentía al respecto. Cambiando lo que sentía sobre sí misma.

–Dime lo que quieres –gruñó él.

–A ti.

–Dime lo que te hago sentir –pronunció, alzando la cabeza y mordiéndole la piel del cuello para chupársela luego con fuerza, como para aliviar el dolor.

–Yo... yo te deseo, Alex.

Deslizó una mano entre sus muslos y le frotó el clítoris con el pulgar al tiempo que introducía un dedo.

–Dímelo.

–Yo... –las palabras se le atascaron en la garganta.

La vergüenza y la autodefensa le impedían hablar–.
Alex...

–No puedes esconderte, *agape*. O me deseas o no
me deseas. Pero tienes que decírmelo –introdujo un segundo dedo, acelerando la caricia.

–Yo... te quiero dentro.

Él sonrió, travieso.

–Ya estoy dentro.

–No es eso lo que quiero decir.

–Dilo entonces.

–No...

–¿Quieres mi pene? –vio que asentía, mordiéndose
el labio inferior con fuerza–. Dímelo.

Se ruborizó, tanto de vergüenza como de excitación.
¿Por qué le costaba tanto ser sincera con él? ¿Con ella
misma?

–Quiero tu pene dentro de mí –pronunció de golpe.

Él la tomó de la barbilla mientras la besaba con pasión. Luego retiró los dedos y la cargó en brazos para
llevarla al dormitorio y depositarla en el centro de la
cama. Tras despojarse de los calzoncillos, se tumbó a
su lado. Le separó los muslos y agarrándose su gruesa
erección, la acercó a su sexo.

Ella se arqueó, y soltó un grito cuando lo sintió dentro. Dilatándola. Se sentía tan excitada... algo increíble,
teniendo en cuenta lo que acababa de suceder. Pero no
podía saciarse de él. Había estado esperando aquello,
lo había estado esperando a él, durante toda su vida.

De repente, la barrera que la separaba del mundo
desapareció. Se olvidó de sentir vergüenza. En lugar de
ello, se aferró a sus hombros, clavándole las uñas en la
piel, y enredó las piernas en torno a sus caderas. Le
mordió el cuello y gritó de placer, cabalgando aquella

ola de éxtasis. Alex empujó con fuerza hasta que se quedó rígido. Un ronco grito escapó de su garganta cuando alcanzó su propio orgasmo, mientras se vertía en su interior.

Se quedó después inmóvil, temblorosa. Sintiéndose vulnerable, expuesta. Y empezó a retirarse con la mayor rapidez posible. Esforzándose por reconstruir sus defensas. Pero él ya la estaba abrazando, besándole el cuello, el hombro, la curva de un seno. Retirarse del todo era imposible. Porque él la mantenía cautiva.

—No puedes desear hacerlo de nuevo —le dijo—. Estoy completamente agotada.

Físicamente, habría podido repetir. Ya lo deseaba, de hecho. Pero emocionalmente no tenía la fuerza necesaria. Porque él le había hecho algo, algo más que liberar aquella salvaje parte de sí misma. No se trataba simplemente de sexo. Sentía el alma desnuda, y no podía continuar. Lo miró. Era tan hermoso... Un hombre capaz de tentar a la más casta de las mujeres. Y ella nunca había sido casta. Solo había estado fingiendo.

Y aquel hombre era el padre de su hijo. Se le encogió el estómago. Oh, Dios, el bebé... Se estremeció, con un sollozo subiéndole por la garganta. Pero seguía sin llorar.

—¿Qué pasa? —le preguntó él.

—No sé. Yo... estaba pensando en el bebé.

Alex, que la estaba abrazando por detrás, se quedó quieto. Bajó la mano de su seno hasta su vientre.

—¿Cómo te sientes?

«Asustada», respondió mentalmente.

—Bien. Es solo que... es una gran responsabilidad.

—Naturalmente. ¿Y cuáles son tus planes? Si no quieres casarte, ¿qué vamos a hacer?

—No quiero hablar de esto ahora.

–Entonces, ¿cuándo, Rachel? Estás embarazada. Continúas acostándote conmigo. El matrimonio es...

–Entonces, ¿se trata de eso?

–¿De qué?

–Estás intentando seducirme... ¿solo para que me case contigo?

–El matrimonio –le dijo Alex, apartándose de ella y levantándose de la cama– es la mejor oportunidad de que nuestro hijo tenga una vida normal.

–¡Como si nosotros fuéramos normales! ¿Es que quieres demostrarle algo a Ajax?

–¡Esto no tiene nada que ver con Ajax! Si fui a esa boda, fue por ti. Aunque hubieras estado comprometida con mi mejor amigo, habría ido a buscarte. Porque eres mía. Es así de sencillo.

–¿Tuya? ¿Por qué?

–Porque vas a tener un hijo mío. Y porque te quiero.

–Quieres que sea lo que tú quieras. Que haga lo que tú quieras.

–Te pregunté por lo que querías tú –sonrió, irónico–. Y tú me respondiste que me querías a mí. Sí, cariño, me lo dijiste.

–¡Cállate, Alex! ¡No puedo enfrentarme a todo esto ahora mismo! –gritó, explotando–. El bebé, tú...y mi familia. No puedo –saltó de la cama y se puso a buscar su ropa.

–En algún momento tendremos que hacerlo.

Volvía a tener aquella sensación. Como si la presión fuera demasiada. Como si se estuviera ahogando en sí misma.

–En este momento, no –miró a su alrededor y se acordó de que tenía la ropa en el salón–. ¡Diablos! –retiró el edredón de la cama y se envolvió en él–. ¡Y no voy a casarme contigo!

–Por ahora –Alex clavó en ella sus ojos azules.

–¿Por qué pones tanto empeño? Tú mismo dijiste que tu experiencia familiar había sido horrible, así que... ¿por qué te importa tanto?

–Porque pienso compensarla con la que le daré a mi hijo. No puedo borrar lo que me sucedió a mí. Pero sí puedo asegurarme de que mi hijo, o mi hija, no pase por lo que yo pasé. De que sepa siempre quién es su padre y quién es su madre. De que sepa que ellos estarán a su lado. Si no es eso lo que tú quieres... quizá deberías entregarme la custodia del niño.

–No –ella se encogió solo de pensarlo–. Nunca te entregaré a mi bebé.

–Tú misma dijiste que no sabías qué hacer al respecto.

–Porque tengo miedo. ¡Porque sé que es una enorme responsabilidad! Porque no quiero... criar a un hijo que crezca como yo, y no sé cómo hacerlo. Ni siquiera sé quién soy yo, Alex. ¿Cómo se supone que voy a educar a otro ser humano?

–Con mi ayuda –respondió él con voz ronca.

–No te ofendas, pero creo que la suma de dos vidas fallidas hacen un desastre –dio media vuelta y abandonó la habitación. Le dolía el pecho, le dolía todo el cuerpo.

No sabía cómo iba a arreglar aquello. No sabía lo que quería.

Capítulo 9

HABÍAN transcurrido dos semanas desde Cannes. Dos semanas desde la última vez que habían tenido sexo. Y Alex estaba convencido de que iba a explotarle la cabeza, si otras partes mucho más meridionales no lo hacían primero.

No tenía ni idea de cómo llegar hasta Rachel. Nunca había querido llegar a ninguna mujer antes, más allá de en un sentido físico. Pero Rachel... De ella quería algo más.

No lo había dejado plantado, aunque le gruñía durante la mayor parte del tiempo. Sabía que se estaba escondiendo. Pero descubrió que no le importaba, siempre y cuando se mantuviera cerca. Aparte de un pequeño recorte de prensa, relacionado con una fotografía que alguien les había hecho cuando estuvieron cenando juntos en Cannes, nadie se había dado cuenta de nada. Lo cual, dado lo inestable de la situación, no podía convenirle más.

Estaba pálida. Más que la primera vez que la vio, y detestaba pensar que él pudiera ser el culpable. Aunque no debería sorprenderse. Así era él, y así había sido. Alguien incapaz de amar. La imagen de la sangre negra corriendo por sus venas no lo abandonaba nunca.

La vio sentada fuera, en la terraza, y se acercó a ella.

–Buenos días.

–Hola.

–¿Lista para la visita del médico?

–Sí. Pero me parece una extravagancia que lo hayas hecho venir.

–Hasta que no estés preparada para que la historia salga a la luz, tenemos que tener cuidado y salir de casa lo menos posible. Supongo que aún no lo estás.

–No. Aún no se lo he contado a mi padre.

–¿Has hablado con él?

–Casi nada. Está preocupado. Le dije... que solo me estaba divirtiendo un poco. Y él me contestó... –parpadeó rápidamente– que le parecía bien. Que ya era hora de que lo hiciera. No entiendo por qué se muestra tan colaborador, tan tolerante.

–Eres una mujer adulta. Tienes derecho a tomar tus propias decisiones.

–No estoy segura de que sean las acertadas.

Una criada apareció de pronto en el umbral.

–Ha llegado el doctor Sands.

–Estupendo. Hágalo pasar –dijo él.

El doctor Sands, el médico de Rachel, al que Alex todavía no conocía, apareció sonriente en la terraza.

–Hola, Rachel. ¿Subimos a la habitación y empezamos?

Llevaba un holgado vestido veraniego para la cita. Estaba casi de ocho semanas y era la primera. Estaba nerviosa. Nerviosa por todo, y a punto de perder la cabeza. La presión que sentía en el pecho era insoportable.

Habían transcurrido ya dos semanas desde la última vez que estuvo con Alex. Dos semanas. Y se había negado el único desahogo que podía proporcionarle algún alivio.

–Túmbate en la cama, Rachel, será muy rápido. Comprendo que estés deseosa de ver el latido de su corazón, pero no puedo darte ninguna garantía. Que no veamos nada no significa que algo marche mal. Miraremos de todas formas.

–Gracias.

El doctor Sands le sonrió con simpatía.

–Alex, ¿por qué no te acercas? –le pidió ella mientras se preparaba para el examen.

Se quedó de pie junto a ella. El médico estaba manipulando ya el equipo de ultrasonido. Rachel esbozó una mueca al sentir la frialdad del contacto y esperó a ver algo en la pequeña pantalla del monitor portátil.

–Ahí está –dijo el doctor–. ¿Ves este movimiento de aquí? Es el corazón latiendo.

Rachel miró las pequeñas líneas blancas que destacaban en el negro de la pantalla, con aquel brillo parpadeante que significaba vida.

–Todo parece estar en orden. Por supuesto, a estas alturas, no hay garantías de nada –le dijo el doctor, mirándola a los ojos–. Pero estás perfectamente sana y no hay motivo alguno para pensar que algo puede ir mal.

–De acuerdo –asintió Rachel–. Estupendo.

–Ya puedes limpiarte. ¿Quieres acompañarme, Alex? Si tienes alguna pregunta que hacerme...

Sus voces se apagaron una vez que se cerró la puerta y Rachel se levantó. Le temblaban las manos cuando entró al baño y se concentró en limpiarse el gel del ultrasonido. Pero de repente se puso en cuclillas ante el inodoro y vomitó. Náuseas matutinas, quizá. O tal vez un efecto de la sorpresa.

Quedó sentada en el suelo, abrazándose las rodillas. ¿En qué clase de lío se había metido? Estaba embarazada y no podía negarlo. Había otro corazón latiendo en su interior. Jamás en su vida había tenido tanto miedo. Se levantó penosamente. No se sentía en absoluto preparada para convertirse en madre.

Triste, se acercó al lavabo y se cepilló los dientes. Inspiró profundamente y regresó al dormitorio. Intentó decirse que todo iba a salir bien. No tenía por qué llorar.

No había llorado en años y no iba a empezar ahora. No había vuelto a llorar desde que murió su madre.

«No es así, Rachel. Lo estás haciendo mal. No deberías salir por las noches. No deberías ponerte ese vestido. Rachel, ¿cómo pudiste hacer algo así?». Parpadeó rápidamente, esforzándose por ahuyentar aquellos recuerdos. La voz recriminadora que seguía oyendo en su cabeza. La voz de la mujer perfecta que había sido tan amable con todo el mundo, menos con ella.

Porque, a sus ojos, Rachel nunca había podido hacer nada bien. Había intentado rebelarse y, al final, ella había resultado la única perjudicada. Y había salido de aquella experiencia con el empeño de ser mejor. De no ser... ella misma. Una lágrima resbaló de pronto por su mejilla. La primera en años. Y ya no pudo parar.

Se dirigió a la cama, apretándose el pecho. No dejaba de sollozar. Tanto que hasta temía ahogarse en sus propias lágrimas. Cada intento de respirar se convertía en otro sollozo. Apenas fue consciente de que alguien había abierto la puerta del dormitorio.

–¿Rachel? –era la voz de Alex–. ¿Qué pasa? ¿Te encuentras bien?

–¡No puedo hacerlo! –aquellas palabras le salieron de lo más profundo del alma. No las pensó. Solo las sentía.

–Sí que puedes.

–No, no puedo. Todo lo estropeo. Cuando siento de-

masiado, cometo errores... y, cuando no siento nada...
tampoco vale. No sé cómo se supone que tengo que hacerlo. No sé amar a un niño, ni seguir a mi corazón, ni
utilizar mis sentimientos... sin tomar decisiones equivocadas. Sé que lo estropearé todo.

Alex la envolvió en sus brazos y la estrechó contra
su pecho, acariciándole el cabello.

–Rachel, puedes hacerlo. Yo sé que puedes.

–No es verdad. No soy perfecta. No sé darlo todo,
tengo demasiado miedo. Porque, si lo hago... ni siquiera
así será suficiente. Nunca será suficiente.

–¿Por qué piensas eso?

–¡Porque nunca ha sido suficiente! Nunca lo fue...
para ella. Lo intenté, Alex. Lo pospuse todo porque ella
estaba enferma. La ayudé a planificar sus fiestas, elegí
a Ajax porque era una opción fácil y segura, del agrado
de mi familia. Intenté sonreír siempre, al igual que ella,
pero todo lo que conseguí fue ser una pobre imitación.
En cambio, ella... ella hacía feliz a todo el mundo en las
fiestas. Finjo aquel carisma que ella tenía, pero que yo
no tengo. La prensa piensa que yo soy como ella,
pero...

–No es culpa tuya, Rachel. Tú no eres su clon. Eso
no quiere decir que tú seas un fracaso. En absoluto –le
acariciaba tiernamente el cabello.

–No había vuelto a llorar desde... Es la primera vez
en ocho años.

–Yo no he vuelto a llorar desde que era un muchacho –dijo él.

–¿Qué edad tenías? –de repente quería saberlo. Quería saber lo muy pesada que era la carga que él arras-
traba. Porque la suya era casi insoportable.

–Unos catorce años.

–¿Por qué lloraste?

–¿Quieres saber mis secretos, *agape*?

–Te voy a manchar la camisa –dijo ella mientras se apartaba–. ¿Sabes? Creo que no tenemos razón alguna para guardar secretos. Yo ya te conté los míos. Pero tú no.

Recordó aquella noche en Cannes. Alex la había esquivado dos veces. La había distraído. Y había recurrido para ello al sexo.

–Te lo contaré ahora –le aseguró él–. Abandonar la mansión Kouklakis fue lo más duro que tuve que hacer jamás. El peor día de mi vida. Mi madre estaba muerta. Yo me sentía muy solo. Tenía miedo de lo que me esperaba. Quería escapar y a la vez temía la libertad. Sabía que no podía quedarme... porque sabía en lo que acabaría convirtiéndome si lo hacía. Aquel día lloré. Era el único hogar que conocía, y lo amaba en la misma proporción en que lo odiaba.

–Tus problemas eran mucho mayores que los míos –le dijo ella–. Debo de parecerte una tarada.

–No, en absoluto. Sé lo mucho que estás sufriendo. Si hay una cosa que he aprendido del ambiente en el que me he criado, es que la gente sufre. De mil maneras distintas, pero sufre.

–Perdóname, Alex, pero tú eres el ser más amoral que he conocido. Tú me utilizaste para que dejara a Ajax, fuiste a buscarme para impedir mi boda...

–Sí, es cierto. Estaba confuso. Aunque.... probablemente habría intentado impedirla de todas formas. Como ya te he dicho, tú eres mía.

–Yo no... no te entiendo –le dijo ella–. Te comportas como si hubieras vivido entre lobos... y luego vas y me dices cosas como esa. Cosas que hacen que me sienta como si no estuviera sola, o como si no fuera la loca que yo creo que soy.

–Probablemente sigues siendo una loca –replicó él con un toque de humor–. Pero una loca encantadora.

–Vaya, gracias.

–Bueno, creo que no voy a preguntarte a fondo por lo que piensas tú de mí.

–Será mejor que no –de rodillas en la cama, se acercó a él, que seguía de pie. El corazón le latía acelerado.

Sabía que no debía tocarlo, que no debía desearlo. Todo seguía aún en suspenso. Pero, cuando estaba en sus brazos... se sentía mucho más cerca de la mujer que realmente era, en lugar de la mujer que aparentaba ser. En aquel instante no tenía las fuerzas necesarias para fingir. Con los ojos a la altura de su pecho, le besó la piel desnuda que asomaba por el cuello sin abrochar de la camisa.

–Rachel... –parecía como si estuviera sufriendo, con los ojos cerrados y el ceño fruncido.

–Solo quiero besarte.

Él alzó una mano para sujetarle la muñeca.

–¿Por qué?

–Creo que porque eres el único que me ha hecho sentirme así. El único hombre al que he deseado de verdad. Tú haces que me sienta yo misma. Todo lo que he hecho antes, desde rebelarme hasta comportarme, ha sido por otra gente.

–Entiendo –le acarició la mejilla con un dedo–. ¿Sigo siendo un error para ti, Rachel?

–Todavía no lo sé.

–¿Qué? ¿Necesitas hacer el amor una vez más conmigo antes de estar segura?

–Puede que necesite llegar al final de todo antes de estar segura de algo.

–¿Y mientras tanto quieres hacer el amor conmigo?

–Sí. Eso me hace sentir bien. Nadie más me ha deseado nunca por lo que soy.

–Yo sí –le tomó la mano y se la puso en su pecho, sobre su corazón, para bajarla luego a la erección que presionaba bajo los tejanos–. ¿Lo sientes?

–Sí.

–Entonces no puedes tener duda alguna de lo mucho que te deseo. Si tienes que estar segura de algo, es de mí.

–Lo que me dices me da mucha confianza –le apretó el sexo a través de la tela–. Creo que deberías quitarte esto.

–Después. Pero antes quiero verte mientras te quitas el vestido. Siempre estamos con prisa. No quiero ir rápido.

–Podría no darte la oportunidad de hacerlo –se apartó de él para desplazarse al centro de la cama y se bajó un tirante del vestido–. Podría abalanzarme sobre ti.

–Aceptaría gustoso el desafío. Esto no sería ni la mitad de divertido si no estuvieras siempre provocándome.

–¿Te gusta que te hable? –le preguntó, bajándose el otro tirante.

–Me excita. No me gustan las mujeres pasivas. Quiero fuego.

Rachel sonrió mientras se bajaba la cremallera de la espalda del vestido y lo dejaba caer, revelando sus senos.

–Creo que eso te lo puedo dar.

Se bajó el vestido por las caderas. El sol entraba a raudales por la ventana y estaba ya toda desnuda, pero no se sentía incómoda. Se sentía increíblemente bien. Porque él la deseaba como realmente era. Con sus imperfecciones.

–No soy perfecta –le dijo sin pensar. Estaba físicamente desnuda, así que bien podía desnudarse emocionalmente también.

Alex apoyó una rodilla en la cama y la acercó hacia sí para besarla con pasión.

–Eres la mujer más increíble del mundo –le dijo, deteniéndose antes de besarla de nuevo–. La más hermosa. Y la más frustrante. ¿Cómo puedes dudar de ti misma?

La besó en el cuello, haciéndola estremecerse. Cualesquiera palabras que fuera a pronunciar murieron en su lengua, barridas por su deseo. Cerniéndose sobre ella, le sujetó las manos por encima de la cabeza con una de las suyas.

–Me dijiste que te había hecho hacer cosas que no encajaban para nada en tu carácter. Pues bien, tú me has convertido en un hombre en el que apenas me reconozco. Sueño contigo. Con la suavidad de tu piel. Ni siquiera pienso ya en la venganza, *agape*. Antes siempre pensaba en ella, pero ahora no. Por primera vez mi cabeza está tan llena de otras cosas, de otros deseos, que ya no puedo hacerlo. Me has cambiado.

Rachel soltó una risita, deseosa de tocarle el rostro.

–No –dijo él, acariciándole un pezón con su mano libre–. Todavía no voy a liberarte.

–¿Por qué? –inquirió ella jadeante, a punto ya de enloquecer de deseo.

–Porque quiero tomarme mi tiempo –bajó la cabeza y se apoderó del pezón con los labios–. Quiero saborearte.

Alzó la mano para acunarle la barbilla y ella le mordisqueó un dedo. Se detuvo, sonriendo, con el dedo justo encima de su boca. Ella se lo succionó entonces con fuerza, con una expresión ligeramente dolida que lo excitó aún más, y se lo mordió luego con delicadeza.

–Eres peligrosa –la besó, mordisqueándole a su vez el labio inferior–. Pero yo también.

–Yo nunca dudé de que lo fueras. Pero yo no lo soy.

–Mentirosa. Eres absolutamente letal. Para mi cordura.

Le acarició las curvas mientras seguía manteniéndola prisionera con la otra mano. Ella se retorcía buscando satisfacción, desahogo. Pero él se lo impedía, aferrándose al poder de provocarle o no el orgasmo. Y definitivamente lo estaba disfrutando.

–Por favor, Alex...

–¿Por favor qué? –le besó el cuello, la curva de un seno. Se instaló entre sus muslos, con la áspera tela vaquera en contacto con su piel. Y ella se frotó contra él, desesperada por encontrar satisfacción.

–Por favor, déjame...

–¿Que te deje qué? Recuerda que tienes que pedírmelo. No me lo ocultes, Rachel. Dime lo que quieres.

–Por favor, déjame correrme –le confesó ruborizada de excitación, que no de vergüenza.

–Los que tienen paciencia para esperar acaban ganando.

–Yo he esperado. He esperado durante dos semanas.

–Y yo –repuso él–. Y quiero disfrutar de ello.

De repente, se apartó de ella y se sacó la camisa por la cabeza. Rachel admiró el relieve de sus músculos destacándose bajo su piel dorada mientras se desabrochaba el cinturón y se bajaba el pantalón con los calzoncillos.

–Te deseo.

–Ya lo sé.

–Bájate de la cama.

Alex obedeció, y ella se acercó al borde de la cama y se puso de rodillas.

–Quiero esto –bajó la cabeza, con el corazón latiéndole acelerado. Y se dio cuenta de que realmente quería hacerlo. Quería saborearlo. Quería sentirlo dentro de su boca, saborear con la lengua la punta de su miembro.

Sintió sus fuertes dedos hundiéndose en su pelo, con la intención de apartarla.

–No tienes por qué hacer esto.

–Lo sé –lo miró a los ojos–. Quiero hacerlo, Alex.

Inclinándose de nuevo, se metió la punta del pene en la boca. El sonido de su respiración entrecortada, la tensión de todo su cuerpo le disparó una punzada de excitación en el estómago. El pasado había quedado atrás. No había nada vergonzoso en lo que le estaba haciendo.

–Para, Rachel.

–¿Por qué?

–Estábamos en los preliminares, ¿recuerdas?

–Yo lo estoy.

Lo oyó soltar un gruñido y se encontró de repente tendida boca arriba en la cama. La tomó de la barbilla.

–Me tientas demasiado. Me haces perder el control –su beso fue duro, exigente.

–¿De veras? Detestaría ver cómo lo pierdes –jadeó–. No creo que pudiera soportarlo.

Alex soltó una risita. Colocándola de lado, la abrazó por detrás. Se apoderó luego de un seno con una mano, mientras con la otra la obligaba a volver el rostro y la besaba en los labios. Rachel podía sentir el contacto duro y caliente de su erección, presionando contra su espalda.

Él retiró entonces la mano de su seno y la bajó hasta su sexo, probándola antes de hundirse profundamente en ella. La apretó contra sí, aferrándola con fuerza con la otra mano y susurrándole sensuales palabras al oído.

–Córrete para mí. Querías hacerlo, ¿no? Ahora tienes mi permiso.

Aquellas palabras, pronunciadas en voz baja y ronca, terminaron por conseguirlo. Un grito escapó de sus labios mientras él embestía por última vez. El placer la recorrió como una ola, amplificado por el latido de su miembro cuando Alex disfrutó también de su orgasmo.

Yació de espaldas contra él, jadeante, toda estremecida de placer. El corazón le latía tan rápido que hasta le dolía. Deseaba a Alex. En todos los sentidos. Quería conservarlo a su lado. Pero sabía que eso no iba a suceder, porque lo había rechazado. Y era joven. Se buscaría a otra mujer. Formaría una familia con ella. Por todo eso, en aquel momento, no se le ocurrió otra cosa que decirle:

–Me casaré contigo, Alex.

Capítulo 10

ALEX no creía haber oído bien. Oír algo ya le resultaba difícil, porque la sangre seguía atronando en sus oídos. Rachel había aceptado casarse con él. Por alguna razón, y contrariamente a lo esperado, aquello le desgarró el corazón.

–Me alegro de escuchar eso, Rachel –la acercó hacia sí, acomodando delicadamente su cuerpo contra el suyo–. Dime, ¿qué te ha hecho cambiar de idea?

–¿Saldrás corriendo si te digo que fue el orgasmo?

Habría podido reírse... si no hubiera sentido aquella opresión en el pecho.

–No.

–Bueno, en realidad, no ha sido eso. Pero en parte sí. Simplemente pensé, y seré perfectamente sincera contigo, que si no me casaba contigo habría otras mujeres. Que podrías tener un hijo con otra. Y yo no quiero eso, Alex. Lo cual me lleva a la única condición que quiero ponerte: si te casas conmigo, me serás fiel.

Su exigencia logró conmoverlo. Porque equivalía a decirle que podía encelarse. Que quería asegurarse de tenerlo solo para ella.

–Por mí, perfecto.

–¿De veras?

–Sí. No quiero que te sientas utilizada. Y no es por tu pasado, sino por el mío. Por el de mi madre.

–La querías mucho, ¿verdad?

–Sí –frunció el ceño.

–¿Pese a la situación en que ella te colocó?

–Era una víctima, Rachel. Una víctima triste y patética. Yo fui el único que la quiso, y que la sigue queriendo –las palabras se le atascaron en la garganta, y se despreció por el tono triste que escuchó en su voz. En el fondo, seguía siendo el niño que había anhelado su amor y que nunca lo había conseguido.

–Mi madre... cuando descubrió lo del vídeo... –Rachel soltó un suspiro tembloroso– me dijo que había avergonzado a toda la familia y que había arruinado mi vida para siempre.

–Muy propio de ella –Alex sentía un peso en el estómago. Era extraño, pero en aquel momento podía sentir su dolor. Igual que antes había sentido su placer, cuando estuvieron haciendo el amor.

–Sí. Pero tú... recuerdas los defectos de tu madre y aun así la quieres.

–Así es.

–Yo quiero a la mía, pero a veces tengo la sensación de que yo soy la única que no la recuerda como una mujer perfecta. Es casi como si hubiera conocido a otra persona.

–Son tus recuerdos. Y tienes derecho a sentirte molesta con ella.

–Eres un gran terapeuta, Alex. Y, en todo caso, el amor lo cura todo. Ahí está lo que sientes tú por tu madre para demostrarlo.

–El amor unilateral no basta –repuso él con voz ronca.

–Tu madre te quiso, Alex. Estoy segura. Solo que probablemente le costaría demostrártelo, como le sucedía a la mía.

Pero las palabras de su madre volvieron a resonar en sus oídos. Las últimas que le había dirigido:

—«¡Has arruinado mi vida! ¡Si yo te conservé durante todo este tiempo a mi lado fue por él! ¡Porque yo sabía que nos dejaría quedarnos a los dos! Y ahora él quiere que me vaya de aquí. ¡No me queda nada!».

—«A mí, mamá. Me tienes a mí».

—«¡Yo no te quiero, niño estúpido! Nunca te quise. Preferiría morir antes que perderlo a él».

—Sí, estoy seguro de que tienes razón —pronunció en ese momento Alex, ahuyentando aquellos recuerdos.

Pero no creía una sola palabra de lo que acababa de decir.

Rachel se dijo que tenía que llamar a su casa. Habían transcurrido casi dos meses desde la boda abortada, y nadie sabía nada aún ni de su embarazo ni de su compromiso con Alex.

Ajax la había llamado, lo cual había sido muy incómodo. Pero solo había querido hablar de Leah. La quería, algo de lo que se alegraba Rachel. Estaba segura de que su matrimonio sería muy feliz. Se alegraba por ellos, pero en ese momento tenía que resolver su situación con Alex. Seguía ocultándose en su casa, haciendo ocasionales viajes a Cannes para supervisar la boutique.

La buena noticia era que la boutique estaba teniendo éxito, hasta el punto de que Alana se había planteado abrir otra. Y Alex estaba asesorando a Rachel para que pudiera invertir en otros negocios, aparte de la tienda. Se estaba convirtiendo en inversora. Se le daba bien, y tenía su fondo fiduciario para empezar. Y, lo más importante, la ayudaba a distraerse de la aplastante realidad.

Porque, en primer lugar, estaba desarrollando sóli-

dos sentimientos hacia Alex, lo cual resultaba inquietante. Y luego estaba el hecho de que nadie de su familia sabía lo que estaba pasando. Se acercaba otra boda.
Justo un par de meses después que la primera. Lo cual
le recordó una vez más la llamada de teléfono que tenía
que hacer.

Marcó el número de Leah, suspiró profundamente
y se sentó en el sillón.

–Hola, Leah.

–¡Rachel! Hacía tanto que no me llamabas...

–Lo siento, pero es que estaba muy liada, y me imaginé que tú lo estarías también.

–Y que lo digas. Pero ahora ya está todo arreglado.
Le quiero, Rachel, y esa es, en parte, la razón por la que
no hemos estado tan unidas durante estos últimos años.
Porque le he amado siempre. La culpa es mía, no tuya.

–¿Lo amabas?

–Desde siempre.

Una lágrima resbaló por la mejilla de Rachel.

–Me alegro de que te hayas casado con él, Leah. Yo
no le amaba. Nunca le amé. Y si hubiera sospechado
algo de lo que me dices...

–Pero la cosa funcionó al final. Soy muy feliz con
él.

–Oh, me alegro tanto...

–Sí, pero ahora tienes que hablarme de Alex, porque
he estado muy preocupada por ti. Todos hemos estado
muy preocupados. Ajax también.

–Sí –Rachel sonrió–. Ya me lo imagino.

–Y Alex... es Alexios Christofides, ¿verdad?

–Sí.

–¿Lo sabías?

–Al principio no –Rachel tragó saliva–. Pero lo sabía
cuando renuncié a la boda –tenía que contárselo todo.

Y no existía una manera fácil de hacerlo–. Estoy embarazada. Alex y yo vamos a tener un bebé.

–Oh... oh, Dios mío.

–Creo que me estoy volviendo loca.

–¿Por qué?

–Porque él no... Alex quiere casarse conmigo por el
bebé. Yo acepté porque es el padre de mi hijo y porque
en aquel momento me pareció lo adecuado. Pero ahora
me siento... aterrada. Por todo. Porque voy a tener un
marido que no me ama. Porque voy a tener un bebé
cuando ya ni me acuerdo de la última vez que he tenido
uno en brazos.

–Entiendo cómo te sientes, Rachel... –se interrumpió por un momento–. Si no quieres casarte con él,
vuelve a casa.

–Creo que quiero hacerlo. Lo necesito.

–¿Es por el bebé? Si es por eso, no lo hagas, Rachel.
Todos nosotros te apoyaríamos. Ya lo sabes.

–Lo sé –se miró las manos. Solo que no lo sabía
realmente–. Necesito hacerlo por mí. Porque, aunque
hay veces en que me pregunto qué es lo que estoy haciendo con Alex, sé también que sin él no sería feliz.

–Eso es lo peor. Sé bien lo que se siente.

–¿Ajax?

–Ahora todo está bien –dijo Leah, suspirando–, pero
al principio... Tuve que tomar una decisión. ¿Quería estar con Ajax, aun sabiendo que no sería la situación
ideal, o quería renunciar a él?

–Y obviamente elegiste quedarte a su lado.

–Sí, y funcionó. Pero no siempre funciona. Puede
que a ti no.

–Lo sé.

Se le hacía extraño recibir consejo de su hermana
pequeña, pero lo necesitaba. Desesperadamente.

–Sé que lo sabes, pero alguien tenía que recordártelo. Por si se te sube a la cabeza lo maravillosamente bien que debe de hacerte el amor, que supongo fue lo que te atrajo de él en primer lugar.

Rachel no pudo reprimir la carcajada casi histérica que le subió por la garganta.

–Sí, hay algo de eso. Pero... hubo algo más. Desde el primer momento, hubo algo más.

No sabía bien lo que era. Y estaba segura de que tampoco quería saberlo. Aunque tenía sus sospechas.

–Lo amas –dijo Leah con el tono convencido de quien había experimentado lo mismo.

Se le encogió el corazón al mismo tiempo que se le disparaba de gozo. Era algo aterrador y maravilloso a la vez. De repente era como si los muros se hubieran derrumbado y no existiera ya ni la vieja ni la nueva Rachel. Solo Rachel Holt, la mujer que amaba a Alex.

–Sí. Lo amo.

–Hola, querida.

Alex entró en su dormitorio, el mismo que compartía con ella, y se detuvo en seco. Porque Rachel lucía únicamente un corto camisón de encaje y lo estaba mirando con una expresión que solo podía calificarse de seductora.

–¿A qué debo el placer? –le preguntó mientras se desabrochaba el botón superior de la camisa.

–Se lo he contado. A mi hermana, a mi padre. Lo del bebé.

–¿Y? –se detuvo, tenso. Si le habían hecho daño, si la habían humillado de alguna forma...

–Se mostraron... sorprendentemente tranquilos. Pero creo que también aliviados, porque les expliqué por qué

hice lo que hice. Quiero decir, siempre es incómodo decirle a tu padre que te sentiste irremediablemente atraída
por un hombre, pero de alguna manera logré hacerlo. El
caso es que han dejado de preocuparme.

–¿De veras?

–Sí. Necesito preocuparme de mí. De nosotros. Y
del bebé.

–¿Ya no te da miedo lo del bebé?

–Sí, sigo aterrada. Completamente. Pero es como si
volviera a ser capaz de respirar. Porque... ¿y si realmente no soy tan mala tal como soy? ¿Y si no tengo
por qué ser un clon de mi madre? En ese caso quizá
pueda concentrarme en ser una buena madre sin tener
que preocuparme de la imagen que proyecto. ¿No te
parece que tiene perfecto sentido?

–Por supuesto.

Y se echó a reír, dulce y seductora con su camisón
de encaje y la melena rubia echada sobre un hombro.
Había algo perfecto en ella. Un aire de libertad que deseaba capturar, retener para siempre.

Pero entonces... entonces dejaría de ser libre. Quedaría atrapada en una jaula diseñada por él, no por Ajax
o por su padre. Ese pensamiento lo inquietó.

–¿Sabes? Hasta ahora nunca he sido capaz de ser yo
misma. Siempre luchando con esa voz crítica, intentando
ser mejor, mientras secretamente me moría de aburri-
miento. Ni siquiera tenía sentimientos propios.

–Yo procuro no aferrarme a los sentimientos. Por
seguridad –solo que no era cierto. Se aferraba a ellos.
La furia, la rabia y el impotente anhelo de afecto que
había sentido de muchacho aún seguían allí. Y lo
odiaba.

Se hizo un silencio entre ellos. El brillo de los ojos
de Rachel cambió. Se tornó feroz.

–Lo que viviste de niño fue algo tremendamente injusto. Creo que es maravilloso que sigas queriendo a tu madre. Pero ojalá alguien te hubiera defendido en aquellas circunstancias. Me apena tanto pensar en ello...

–Tú... ¿me aprecias, Rachel?

–Más que eso, Alex. Precisamente... quería decírtelo, pero pensaba esperar hasta después de... Te quiero.

Alex se quedó paralizado.

–Dilo de nuevo.

Eran las palabras que se había pasado toda la vida deseando escuchar. Palabras que nadie le había dirigido nunca. Ahora que por fin las oía, no sabía qué sentir. Era algo demasiado profundo. Algo que le hacía desear subirse a un coche y arrojarse con él al mar, o simplemente estrecharla en sus brazos y besarla hasta dejarla sin respiración.

–Te quiero.

–¿Por qué?

No había querido hacerle la pregunta, pero tenía sentido. Ignoraba por qué aquella mujer tan bella e increíble, que parecía iluminar el mundo cuando sonreía, podía sentir algo por él. No cuando la había manipulado, seducido por venganza.

–Porque me gusta seducirte, y dejar que me seduzcas, y hacer el amor contigo. Y porque no me juzgas, ni me menosprecias. Porque me aceptas tal como soy, y contigo siento que yo también puedo aceptarme a mí misma.

Aquello le hizo decidirse. Se acercó a ella, la estrechó entre sus brazos y la besó hasta que ambos se quedaron sin respiración. Hasta que se llenó los pulmones de ella, de su aliento. Hasta que la sangre le hirvió tanto que sintió que iba a explotar. Se sentía perdido, abru-

mado por lo que ella acababa de darle y él se sentía incapaz de retornarle a su vez.

Sintió la necesidad de asegurar aquel vínculo. Con
votos matrimoniales, con documentos legales. Necesitaba casarse ya. No podía perderla.

—Demuéstrame lo mucho que me amas —le dijo con
un gruñido.

—¿Cómo? —inquirió ella.

—Demuéstramelo —insistió, desesperado.

Ella le quitó la camisa y le besó el cuello, el pecho.
Se concentró luego en desabrocharle el pantalón. No
tardó en tenerlo desnudo, con sus suaves manos acariciando su cuerpo. Alex solo quería perderse en ella, en
su contacto. Eternizar aquel momento.

Creyó volverse loco cuando ella se apartó por un
instante. No pudo hacer otra cosa que observarla. Se
estaba quitando el camisón, desnudándose lentamente.
Y mirándolo a los ojos. No tardó en volver con él, apretando los senos contra su pecho. Alex adelantó entonces un muslo entre sus piernas, sintiendo su humedad.
Su deseo.

Bajó una mano hasta sus nalgas y empezó a mecerla
rítmicamente contra sí. Ella echó la cabeza hacia atrás.
Un dulce gemido escapó de sus labios. Él la tomó de
la barbilla e inclinó la cabeza para besarla mientras
continuaba moviéndose, dándole placer.

Le regalaría aquello. No su amor, pero sí aquello. Y
ella lo amaba, de modo que sería suficiente. Le demos-
traría lo muy bien que podía hacerle llegar a sentirse,
lo importante que era el sexo. La llevó hasta la cama.

—Te necesito —le dijo—. No sabes cuánto.

Le alzó las piernas para enredárselas en torno a las
caderas y entró en ella. Se apoderó de un pezón con los
labios y lo chupó con fuerza, hasta arrancarle un ge-

mido. Hasta que sintió sus músculos internos apretándose en torno a su miembro. Ella se aferró a sus hombros, clavándole las uñas.

No pudo tomarse su tiempo, la necesitaba demasiado. Necesitaba huir hacia delante, huir del rugido de la sangre en los oídos, hacia una liberación que borrara el dolor que le atenazaba el pecho. Un orgasmo que lo purgara de todo anhelo y de todo dolor. La aferraba de las caderas, tirando con fuerza de ella a la vez que acudía a su encuentro. No podía saciarse. Nunca podría saciarse. Jamás había experimentado algo así. Era como si estuviera reventando por las costuras.

Ella gritó de placer y él se dejó arrastrar por el clímax, apoyando ambas manos en el colchón mientras se vertía estremecido. Le temblaban los músculos. Había sido la experiencia sexual más intensa de su vida. Pero no se había liberado del peso que sentía en el pecho. Del dolor. La confusión. Lo único que sabía de seguro era que Rachel era suya.

Se apartó para tumbarse a su lado, jadeando aún.

—Empezaré enseguida con los preparativos de la boda —le dijo.

—¿Qué?

—La boda. Retrasarla no tiene ningún sentido. El embarazo no tardará en notarse —le puso una mano en el vientre. Se vio asaltado por una extraña punzada de orgullo, sobre la que no quiso detenerse demasiado.

—Eres un poco mandón.

—Sí.

—Eres más joven que yo. Se supone que tú deberías ser mi juguetito, pero eres todo lo contrario.

Él se cernió entonces sobre ella, acariciándole los senos con el pecho.

—Te gusta.

–Sí.

–Así que no te quejes. Nos casaremos dentro de dos semanas. Contrataré a una organizadora y tú podrás exponerle todas tus ideas.

–Suena cómodo. Antes daba mucha importancia a las bodas, pero ahora... Es como si la boda en sí no me pareciera tan importante como la vida que llevaremos después.

–¿Y cómo será esa vida? –le preguntó él.

–Una vida juntos.

Sí, era suya. Se relajó. No había nada de qué preocuparse. Había estado al mando de la situación, desde el principio hasta el final. Sí, las cosas se habían desmandado un par de veces, pero al final había conseguido lo que quería. A ella.

Capítulo 11

ERA el día de su boda. Una vez más. El segundo en tres meses.

Se alisó el frente de su sencillo vestido de raso y se miró en el espejo. La diferencia residía en que amaba a Alex, y que sabía que estar con él era exactamente lo que quería. No, él no la amaba a su vez, eso era verdad. O al menos no se lo había dicho, pero ella quería estar con él de todas formas.

Iban a casarse en la isla de Alex, no en la mansión de su padre. Eso la entristecía un poco. Al igual que el hecho de que su familia no se hubiera implicado tanto en aquella boda como en la primera. Alana tampoco había podido asistir, porque había tenido que acudir al estreno en los Estados Unidos de la película en la que había colaborado. Se alegraba por ella, pero la echaba de menos.

Las bodas, en fin, siempre la ponían nerviosa. Aunque esa vez no iba a aparecer ningún amante a desbaratársela. Respiró hondo y recogió su ramo nupcial. No, nada iba a estropear aquel día.

Alex miraba por la ventana de su despacho. Se habían colocado sillas cerca del mar y la gente ya se estaba sentando. Un arco de flores se alzaba frente al altar. La decoración le parecía un tanto recargada, pero había sido cosa de la organizadora, ya que Rachel había delegado todas las decisiones en ella.

Pero lo importante era que se celebrara la boda. Y rápido. Todo estaba a punto de empezar. De hecho, había llegado el momento de que se dirigiera hacia allí. Abrió la puerta y echó a andar por el pasillo.

Ya estaba. La pieza final que lo ligaría a Rachel. Porque ella le hacía sentirse un hombre nuevo. Como si fuera la sangre de otro la que corriera por sus venas. Y necesitaba eso. La necesitaba a ella. Bajó las escaleras y abandonó la mansión para enfilar el sendero que llevaba hasta la playa. Se dirigió hacia el altar, ignorando las miradas de los invitados. Todos ellos desconocidos, invitados de Rachel.

Porque él no había invitado a nadie. No tenía amigos. Solo clientes. Y enemigos. Únicamente tenía a Rachel.

Ella sí tenía amigos. Una familia que la quería. Era buena, algo que nunca podría decirse de él. Porque había una razón para que nunca nadie lo hubiera querido. Sintió como si una enorme piedra se hubiera alojado en su estómago y fuera creciendo a cada paso. Una vez ante el altar, se volvió para contemplar a la multitud y su mirada tropezó con la de Ajax Kouros. Estaba sentado en la primera fila, solo, ya que su mujer había ido a ayudar a Rachel.

Al contrario que Alex, Ajax se parecía mucho a su padre. Se preguntó si alguien percibiría algún parecido entre los dos hermanos. Tal vez compartieran algunos rasgos, la misma mandíbula, el mismo mentón. Pero los ojos de Ajax eran oscuros, mientras que Alex había heredado los de su madre.

De repente lo asaltó un pensamiento aterrador. Ajax tenía los ojos de su padre. El padre que le había dado su cariño, su amor. Ajax había tenido el amor de mucha gente. De su esposa, de su suegro. Tenía una familia. Tenía amigos. Mientras que él estaba solo.

Él, que estaba conspirando para atrapar a Rachel en la trampa de un matrimonio que iba a ofrecerle tan poco. De la misma manera que su padre había retenido a su madre en su mansión. Encadenada por su adicción a las drogas y por un amor insano, aterrador. Alex no era mejor que su padre. Había manipulado el cuerpo de una mujer en su ansia de venganza. Y ahora la estaba encadenando a él aun sabiendo que no podría darle nada más que su furia, nada más que la negra y malvada sangre que corría por sus venas.

Viendo a Ajax sentado allí, Alex no veía más que a un hombre. No un monstruo, ni un demonio. No, el demonio nunca había estado en Ajax; había estado en él. Era por eso por lo que nadie lo había querido. Por lo que su madre había preferido la muerte a seguir viviendo con él.

Se alejó un paso del altar. Y otro. Hasta que se descubrió abandonando la playa, de regreso hacia la casa. Una vez dentro, cerró la puerta a su espalda. De repente alzó la mirada y vio a Rachel bajando las escaleras, con su hermana sujetando la cola de su vestido. Parecía un ángel, toda de blanco, con su rizado cabello rubio como un halo de oro. La visión lo llenó de dolor. Y de odio contra el hombre que le había robado la inocencia y la había manipulado en sus juegos.

Se odió a sí mismo. Más de lo que había odiado nunca a Ajax, o a su padre. Más incluso de lo que había odiado a su madre cuando la vio desangrarse ante sus ojos. ¿Por qué habría de amar alguien a un hombre como él? Su madre tuvo que haber sabido, ya entonces, cómo era. Ella había amado a Kouklakis, pero nunca había sido capaz de quererlo a él. Se había matado antes que enfrentarse a una vida fuera de aquella mansión. Antes que enfrentarse a una vida con su hijo.

«Yo te habría salvado», le había dicho aquel día, entre sollozos. «Te lo habría dado todo». Pero nada de eso había importado. Porque no había sido lo suficientemente bueno. No lo era, y nunca lo sería.

—Necesito hablar contigo.

—¿De qué? —ella parpadeó extrañada—. ¿Sucede algo?

—Tenemos que hablar, Rachel.

—De acuerdo. Leah, ¿puedes dejarnos solos un momento?

Su hermana asintió y subió de nuevo las escaleras, no sin antes lanzarle una dura mirada. No le importó.

—No voy a casarme contigo.

—¿Qué?

—Ya me has oído. Que no voy a casarme.

—¿Por qué no? ¿Qué diablos te pasa?

—Hay algo que no te he dicho. Algo que cambiará lo que sientes por mí. Y tienes que escucharlo.

Rachel dejó caer el ramo y se cruzó de brazos.

—Estupendo. Oigámoslo. Adelante, dispara.

—Ajax Kouros es mi hermano —aquello la dejó sin habla por un momento—. Nikola Kouklakis era nuestro padre. Somos de madre distinta. Yo nunca conocí a la madre de Ajax, y sospecho que él tampoco.

—¿Por qué él no me dijo nada?

—Porque no lo sabe. Yo no lo averigüé hasta varios años después de que se hubiese marchado. Se marchó cuando yo debía de tener unos ochos años, así que él debía de tener... unos dieciséis —tragó saliva—. Cuando yo tenía catorce, el propio Nikola me reveló que él era mi padre. Yo me quedé aterrado, porque siempre le había tenido miedo. Siempre lo había odiado. Pero, me dijo él, dado que Ajax se había marchado, yo sería su heredero. Y luego... luego le dijo a mi madre que tenía que marcharse porque había dejado de serle útil allí. Supongo que mal que bien había sido una madre para mí... y él había dejado de necesitarla para ese papel.

Se interrumpió con el corazón acelerado, temblando. Nunca le había contado aquello a nadie. Jamás había pronunciado las palabras en voz alta. Odiaba aquel recuerdo. Aquella verdad.

—Me contó que había estado cuidando de mí. Evitando que cualquiera de los hombres de aquella mansión me tocara, tanto cuando era pequeño como cuando fui más mayor. Que se había asegurado de que me alimentara bien. Yo siempre había pensado que todo eso había sido cosa de ella, pero no. Ella nunca se había preocupado de mí —inspiró profundamente—. Salí corriendo de su despacho, No quería tener nada que ver con él. Y ella se enfureció conmigo, me dijo que lo había estropeado todo. Que nunca me había querido. Que todo lo que había hecho por mí había sido en realidad por él, para contentarlo. Yo le dije que cuidaría de ella. Que todo saldría bien.

—¿Y qué sucedió?

—Se mató. Delante de mí. Porque la muerte, el fin de todo, era preferible a una vida en mi compañía.

Vio que Rachel desorbitaba los ojos de horror. Su vida ya se estaba oscureciendo por su culpa. Por culpa de la verdad.

—Alex... Yo no... Ella tenía problemas, Alex, la culpa no fue tuya.

—¿Ah, no? Ella quería a Nikola Kouklakis, y no podía quererme a mí. Todo el mundo quiere a Ajax. Él salió de todo aquello... bien, intacto. Yo estoy roto. Todo lo que hay en mí es... yo soy su hijo. Toda su maldad reside en mí.

–Eso no es cierto. A mí no me importa quién sea tu padre. Ni tu hermano. Ni que tu madre fuera una prostituta. Yo sé quién eres ahora. Y te amo por ti mismo.

–No puedes.

–Puedo. Alex, te amo. Todo aquello no fue culpa tuya. No hay nada roto ni malo en ti. Eres un hombre bueno, y yo te amo más que a nadie en el mundo.

No podía aceptarlo. Lo único que podía ver era la expresión de su madre, tan dolida y desesperada ante la perspectiva de tener que abandonar la mansión. Y luego su rostro pálido mientras yacía delante de sus ojos, muerta. Pensó en Ajax, que había logrado superar todo aquello. Que había encontrado el amor y una vida lejos de todo eso. No, él nunca lograría limpiarse. Y mancharía a Rachel también.

–No seas ingenua –le dijo–. Todo esto tenía que suceder. Yo no quería Holt. Yo no buscaba más que tu humillación y la de Ajax. Él había escapado sin consecuencias de la mansión Kouklakis y mi misión era conseguir que las sufriera. Si ahora está casado con tu hermana, su segunda opción como esposa, es porque no pudo tenerte a ti. Y ahora que ya es demasiado tarde, te dejo a su disposición porque sé que nunca podrá tenerte, ahora que tú estás embarazada de mí y él casado con Leah. ¿Es que no te das cuenta de hasta qué punto te he manipulado? No me aburras con tus declaraciones de amor. No significan nada, porque tú no sabes quién soy. No puedes quererme. No puedes querer a alguien a quien no conoces de verdad.

Vio que una lágrima resbalaba por su mejilla.

–Como quieras, Alexios Christofides.

Era lo mejor. Para ella y para su hijo. Su hijo, que nunca lo conocería. Ambos estarían mejor sin él.

–¿Anuncias tú la cancelación, o lo hago yo?

–Yo lo haré –dijo ella–. Ya me las arreglaré. Ya has hecho bastante. Mandaré después a alguien a recoger mis cosas. Supongo que no querrás saber nada del bebé.

El corazón parecía gritarle por dentro, pero lo ignoró.

–No.

–Estupendo. Genial. Si vuelves a acercarte a mi familia, te castraré, ¿me oyes? Te arrancaré la cabeza y la clavaré en una pica. Te juro que no dejaré que te escapes de esta. ¿Pensabas que tu venganza sobre Ajax era terrible? Espera a ver la mía.

Pasó de largo a su lado. La bañó el resplandor del sol en cuanto abrió la puerta. No era ya un ángel inocente, sino un ángel vengador. Alex cerró los ojos, cegado por la luz, pero todavía podía ver la impresión de su figura en sus párpados cerrados. Tuvo el presentimiento de que siempre sería así. La vería así siempre, cada vez que cerrara los ojos.

La puerta volvió a cerrarse, y justo en ese momento oyó unos pasos a su espalda. De repente sintió un golpe en la nuca. Se volvió y vio el ramo nupcial en el suelo, irreconocible después de que alguien lo hubiera golpeado con él. Había sido Leah, que lo estaba mirando toda furiosa.

–No te librarás tan fácilmente. Cuando Ajax se entere de lo que has hecho...

–Que haga lo que quiera. No tengo nada que perder –ya no. Había cortado los lazos con la mujer que... La mujer que había significado tanto para él. Y su hijo. Jamás lo tocaría, lo abrazaría.

«Es lo mejor. Para los dos», se recordó. Pasó al lado de Leah y subió la escalera, de regreso a su despacho. Entró y cerró la puerta con llave. Se asomó a la ventana y vio a Rachel de pie bajo aquel espantoso arco mientras le explicaba a todo el mundo que no habría boda.

De repente fue como si la tierra cediera bajo sus pies y se encontró en el suelo, de rodillas. No podía respirar. Era como si lo aplastara el peso de todo lo que había sucedido. La había perdido. Y solo en aquel momento se daba cuenta de que la amaba.

Pero no importaba. El amor no era una opción si ello significaba encadenar a Rachel a un hombre envenenado hasta el tuétano como él. Todo lo que le había hecho desde que se conocieron... Ella se merecía algo más, se lo merecía todo. Unas ardientes lágrimas habían empezado a resbalar por sus mejillas. No le importó. Él había sido el culpable de que Rachel vertiera sus primeras lágrimas en años, y ahora ella era la causa de las suyas.

Capítulo 12

MÁS bombones, Rach?

–Sí –gimió mientras tendía la mano a su hermana para que se la llenara de minúsculos bombones.

Estaba tumbada en el sofá del apartamento que Leah y Ajax tenían en Nueva York, donde se había pasado casi dos semanas intentando curar su maltrecho corazón. Durante la primera semana solo había sentido rabia. Un odio absoluto contra Alex que le había impedido llorar su pérdida. Aquella rabia le había dado la fuerza necesaria para no desmoronarse.

Pero ahora esa rabia había desaparecido, y volvía a recordar fragmentos de su última conversación que había intentado olvidar. Sus revelaciones, lo que pensaba de sí mismo. Que su madre había preferido matarse antes que estar con él. Que había odiado a Ajax, porque Ajax tenía lo que él nunca sería capaz de tener: amor. Por alguna razón, el amor que ella le había dado no había sido suficiente. Todo lo cual hacía que le resultara cada vez más difícil odiarlo.

Algo había sucedido en la boda. Cada vez estaba más segura de ello. Pero hasta que lo averiguara, hasta que tuviera la energía necesaria para decirle a Ajax que Alex era su hermanastro, iba a tener que seguir tumbada en el sofá comiendo bombones.

–¿Estás bien? –le preguntó Leah.

–No. No sé si volveré a estarlo. Creo que todavía lo quiero.

–Sí, ya sé lo que es eso. Es lo peor.

Ajax entró en ese momento en la habitación, guapo como siempre, con pantalón oscuro y camisa blanca. Solo ahora podía reconocer su ligero parecido con Alex. Pero Ajax no tenía sus ojos, ni su chispa traviesa. Aunque algo asomaba de aquella chispa, eso tenía que reconocerlo, cuando miraba a Leah. Él la hacía feliz.

–Oye, Jax... ¿tú le dijiste algo a Alex el día de la boda? –le preguntó Rachel.

–No –contestó, ceñudo–. Pero tienes que saber que yo nunca confié en él. Lamentablemente, no me sorprende nada lo sucedido.

–A mí sí. Pasé meses viviendo con Alex. Era... mi amante. Vamos a tener un bebé. Nada de esto tiene sentido. Quizá sea un actor condenadamente bueno, o quizá haya aquí más cosas de las que parece que hay.

–Él no me dijo nada. Simplemente me miró.

–Ya –Rachel volvió a apoyar la cabeza en el brazo del sofá.

–¿Otra película? –le preguntó Leah con tono compasivo.

–Sí. Y tarta. ¿Queda?

–Yo te la traigo –se ofreció Ajax después de cruzar una mirada con su esposa.

Rachel respiró hondo y miró distraída al televisor. Se sentía terriblemente triste. Estaba enamorada de un hombre que no se merecía su amor. Un hombre que necesitaba amor como una flor en el desierto necesitaba agua. Alex se estaba secando por dentro. Muriéndose. Y sí, le había destrozado la vida. Pero también había hecho algunas cosas buenas por ella.

–¿Sabes, Leah? En realidad, no quiero ver otra película. Me apetece hablar. Creo... creo que llevamos demasiados años sin hablar de verdad.

–La culpa es mía, Rachel –dijo Leah, frunciendo el ceño–. Yo me enamoré de tu novio. Eso complicó las cosas.

–Sí, claro, pero, si hubiéramos estado más unidas, yo me habría dado cuenta, ¿no?

–No lo sé. En cualquier caso, lo mío con Ajax terminó funcionando. Así que no me quejo.

–¿Sabes? Se suponía que yo tenía que asegurarme de no ser una mala influencia para ti.

–¿Tú? –Leah se echó a reír–. ¿Una mala influencia para mí? Eres tan dulce y buena...

–Bueno, no durante un tiempo –pensó en sus noches alcohólicas en los clubes–. Tuve una etapa muy loca, pero tú eras muy pequeña y no te acuerdas. Papá siempre estaba detrás para salvarme el trasero. Y mamá para hacerme reproches.

–¡Tenías una vida secreta! –exclamó Leah–. Estoy impresionada.

–¡No! No seas tonta. ¿Ves? ¡Es por eso por lo que no querían que te lo dijera! Eres muy influenciable.

Leah se rio de nuevo, sin parar. Y la necesidad que sentía Rachel de escapar a la tristeza y a la furia le provocó un ataque de risa casi histérica. Ambas cayeron al suelo, riéndose a carcajadas.

–Supongo que, si todavía tengo ganas de reír, es un buen síntoma, ¿no?

Sí que lo era. Su corazón herido tardaría en curarse, pero al menos tenía a su hermana.

Alex odiaba tener que vestirse. Últimamente, pasar largas horas tumbado y vagar por su apartamento borracho y en ropa interior, se había convertido en una costumbre. Pero allí estaba, duchado y afeitado, y vestido de traje. Porque tenía un asunto del que ocuparse. Con un hombre que probablemente lo mataría en cuanto lo viera. Quizá fuera esa una buena forma de acabar con el infierno que estaba viviendo.

—Señor Christofides. El señor Kouros le recibirá ahora mismo —le informó un secretario en la antesala del despacho de Ajax.

—Bien —pasó al despacho.

—Alexios —lo saludó Ajax en cuanto lo vio entrar—. Me sorprendió que quisieras verme. Si no se lo he contado a mi mujer es para no hacerla enfadar. Me estás poniendo en un compromiso así que, por favor, sé breve... Por cierto, si has venido a echarme algo en cara, pierdes el tiempo. No me importa.

—En absoluto. Solo pensé que quizá querrías escuchar una explicación de mi comportamiento. El motivo de que fuera a por tu compañía. Y a por ti.

—Estuviste en la mansión Kouklakis, ¿verdad? —le preguntó Ajax, lanzándole una mirada de cansancio—. En ese caso, entiendo que te caiga tan mal. Sin embargo, deberías saber una cosa, y digo esto no para exculpar mis pasados pecados, sino para aclarar las cosas. Yo desempeñé un papel clave en el desmantelamiento de la red criminal de mi padre.

—Me alegra oírlo. Ojalá lo hubiera sabido antes.

—Eres joven. Yo tardé años en saber lo que tenía que hacer.

—Sí, yo estuve en la mansión. Pero lo importante no fue eso, sino lo que descubrí después de que tú la abandonaras.

—¿Y qué descubriste?

—Que tu padre tuvo otro hijo. Yo.

–¿Seguro? –inquirió Ajax con voz ronca, pálido.

–Él estaba seguro de ello, al menos. Lo suficiente para proponerme como heredero de su maldito reino cuando muriera.

–¿Y es esa la razón por la que has estado yendo a por mí?

–Supongo que sí. Estaba ciego de furia. ¿Cómo pudiste haber escapado? Y tenías una vida tan perfecta... Una familia que te quería. Una mujer que te amaba. Mientras que yo no tenía nada. Así que quise quitártelo todo. Bajarte al nivel donde pensaba que deberías estar, y donde estaba yo. Pero ahora he hecho daño a Rachel, y no estoy nada contento con ello. También me he mirado a mí mismo, y te aseguro que no me gusta nada lo que he visto. Aparte de Rachel, necesito hablar contigo de esto. Informarte de que no voy a seguir poniéndote palos en las ruedas con la idea de vengarme. Estoy cansado. Cansado de la fealdad que veo en mí. Quiero dejarlo. Yo nunca seré el hombre que ella necesita, ahora lo entiendo. Pero quiero liberarme de... de esta rabia.

Ajax recogió una taza de su escritorio y la apretó con fuerza, tenso, sin darse cuenta.

–Entenderás, sin embargo, que debido a Rachel nuestra relación no puede ser...

–Sí. No soy precisamente un hombre de familia. Al menos, no sé serlo.

Ajax bajó la mirada.

–Me alegro de que me lo hayas contado.

–Estoy harto de secretos. Ese viejo canalla no puede afectarnos ya. No tiene poder para ello.

–Es verdad –Ajax asintió lentamente con la cabeza.

–Gracias por haber aceptado verme. No es el tipo de cosas que puedes decir en un email.

–Cierto.

–Me marcho –se giró en redondo para dirigirse hacia la puerta, pero en el último momento se volvió de nuevo hacia él–. Ajax, ¿puedo hacerte una pregunta?

–La que quieras.

–¿Cómo lo hiciste? ¿Cómo te liberaste de aquel lastre? ¿Cómo te atreviste a pedirle a una mujer que se encadenara a ti por el resto de tu vida sabiendo lo que llevabas dentro? ¿Cómo pudiste creer que la merecías cuando...? A mí nadie me ha querido nunca. Y entiendo que existe una razón para ello. ¿Cómo puedo decirle a Rachel que la quiero cuando temo que eso pueda destrozarla?

Ajax se quedó callado durante un buen rato, mirando ceñudo por la ventana.

–Nuestro padre siempre echó de menos una cosa. Una cosa que, si hubiera echado raíces en él, habría cambiado completamente su vida.

–¿Cuál?

–No tuvo amor, Alex. Creo que es eso lo que nos cambia, Alex. Lo único que puede matar el monstruo.

–El amor fue lo que mató a mi madre –replicó con tono rotundo.

–¿Qué efecto tienen las drogas, Alex?

–Son adictivas.

–Te hacen sentir cosas –dijo Ajax–. Te hacen necesitarlas. Pero tú no las quieres. Te destrozan, te hacen pensar que no puedes vivir sin ellas. La adicción no es lo mismo que el amor. ¿Qué crees que sentía realmente tu madre por nuestro padre?

–No... no estoy seguro.

–El amor fue lo que me cambió a mí. El de Joseph Holt, el de Leah... ese amor me curó. No fue el dinero, ni el poder. No fue la venganza. Cuando lo acepté... fue entonces cuando cambié. Piensa en ello.

–Lo haré.

Alex abandonó el despacho. Entró en el ascensor como un sonámbulo. Amor. Estaba enamorado. Rugió de frustración mientras descargaba un puñetazo en el panel de los botones. Se apoyó luego en la pared, con el corazón latiéndole acelerado.

¿Era tan sencillo? ¿Bastaba con amar y confiar luego en que el amor lo arreglara todo? ¿Bastaría con decirle a Rachel: «Te amo, soy un desastre y te mereces algo mejor, pero, por favor, ámame de todas formas»? ¿Evitaría el amor que regresara a la oscuridad? ¿Lo convertiría en un hombre merecedor de una mujer como ella?

Nunca llegaría a merecerla. Ella se merecía un hombre bueno. Un hombre al que jamás se le pasara por la cabeza seducir a una mujer para vengarse de un enemigo. Él no era ese hombre. Pero la amaría. Y compartiría con ella todo lo que le deparara aquella nueva e increíble vida que jamás se había imaginado que podría llegar a tener.

Nada más salir del ascensor, echó a correr. En busca de Rachel.

–¿Dónde has metido los malditos helados, Leah? –masculló Rachel mientras rebuscaba en la nevera. Desafortunadamente, su hermana no estaba presente en el apartamento para oírla maldecir su nombre.

De repente se abrió la puerta. Se irguió, tensa. Quizá sus maldiciones la habían convocado mentalmente. Pero en cuanto se hubo girado, la cuchara se le cayó al suelo.

–Alex... –tuvo la sensación de que iba a desmayarse. Hacía cerca de un mes que no lo veía. Se llevó una mano al estómago. Estaba ya de cinco meses y su embarazo era más que evidente–. ¿Qué estás haciendo aquí?

Vio que bajaba la mirada a la mano que tenía sobre el vientre con expresión extraña.

–Tu cuerpo ha cambiado.

–Estoy embarazada –le recordó–. Y las cosas me van muy bien, por cierto.

–¿De veras?

–Sí.

–Me alegro. Es un alivio saberlo.

–Pensaba que no te importaba. Me dijiste que no me querías.

–No era verdad, Rachel. Te he echado tanto de menos... Debí haberme quedado contigo durante todo este tiempo... Debí haberme casado contigo.

–Pero elegiste no hacerlo –repuso ella mientras se agachaba para recoger la cuchara–. Fuiste tú quien me dejó sola anunciando a los invitados que no habría boda –dejó con fuerza la cuchara sobre la encimera–. La decisión fue tuya. Y luego me dijiste que ese había sido tu plan desde el principio. Manipularme como si fuera un simple peón.

–Te mentí.

–¿Que tú... qué?

–Te mentí porque... Rachel, estaba en el altar, esperándote, cuando de pronto vi a Ajax sentado allí. Y de repente comprendí... De repente, al ver allí a mi hermano, me vi claramente a mí mismo por primera vez. Y odié lo que vi. A un hombre que te había manipulado. Un hombre que se las había ingeniado para atraparte, pese a saber que no era merecedor de ti. Un hombre que habría recurrido a todos los medios para retenerte, utilizando incluso tu amor a su favor. Me vi a mí mismo en aquel momento –respiró hondo–. No podía permitir que te encadenaras a mí. Porque todo lo que sucedió entre nosotros había sido una manipulación mía. Incluidos tus propios sentimientos. Me dijiste que me amabas... pero eso solo era porque ibas a tener un hijo mío. Porque pasaste unos cuantos meses idílicos en una isla privada conmigo.

Rachel tuvo la impresión de que la habitación había empezado a dar vueltas.

—Alex —le temblaba la voz—. ¿Me estás diciendo que estuviste actuando durante todo el tiempo que estuvimos en la isla?

—No, pero todo había sido una maquinación mía. Te sentiste atrapada. Yo conseguí que te decidieras tan rápido a...

—Alex, escúchame bien. Yo te amé. Mucho. Y, cuando me rechazaste, cuando me dijiste que no querrías ver nunca a nuestro hijo, me dieron ganas de golpearte con algo pesado y duro en la cabeza.

—Me parece justo.

—Yo te di mi amor, pero tú... Yo te lo di todo. Debería haber...

De repente la tomó en sus brazos y la besó. Profunda, desesperadamente. Y ella no lo rechazó. No se resistió. Porque estaba demasiado hambrienta de él. Furiosa también, sí. Pero nunca había dejado de desearlo. De amarlo.

La acorraló contra la nevera, con las manos en su cintura mientras la besaba. Ella le echó los brazos al cuello. Las lágrimas le corrían por las mejillas.

—Está bien... —Rachel se interrumpió para tomar aire—, pero tenemos que hablar, ¿no te parece? ¿Por qué estás aquí?

—Porque este último mes ha sido un infierno. Porque cada vez que pienso que nunca veré a nuestro bebé, me siento morir. Y cada vez que pienso que no volveré a verte a ti, Rachel... lo único que puedo hacer es rezar para que la muerte me llegue pronto.

–¿Por qué?

–Porque te amo. Me di cuenta de ello hace semanas, pero seguía pensando que no era justo pedirte que pasaras el resto de tu vida con un hombre como yo. Pero... pero ahora tengo que ser egoísta y pedirte que lo hagas. Que pases el resto de tu vida conmigo porque, si no lo haces, no creo que la mía merezca la pena.

–Alex, ¿por qué no te consideras merecedor de mí? –le preguntó ella–. Yo... no soy perfecta. He cometido errores. Y cometeré más. Yo no quiero un hombre perfecto.

–Seré un hombre mejor por ti.

–Alex, yo sé lo que necesito. Me gustas como eres. Desde el primer momento en que te vi, me enamoré de ti. Hace cinco meses, en cuanto te vi a bordo de aquel yate.

–A mí me ocurrió lo mismo, Rachel. Nunca me imaginé que una noche acabaría cambiándome tanto. Pero me cambió. Y luego continuaste cambiándome durante los meses siguientes.

–¿Por qué tardaste tanto en descubrir que me amabas?

–Era lo único que no había hecho antes. Yo quise a mi madre, Rachel, pero no sabía lo que era que alguien me amara a mí. Yo le daba amor, pero no lo recibía. Y al final me quedé destrozado porque... ella prefirió suicidarse antes de quedarse conmigo.

–Ella tenía muchos problemas, cariño. No tuvo nada que ver contigo.

–Lo sé. Y Ajax me ayudó con eso. Él... me hizo verlo. Yo lo odiaba por lo que tenía, sin preguntarme cómo lo había conseguido. Y, cuando me lo contó... todo cobró sentido. El amor es distinto de lo que pensaba. Es... como una felicidad que jamás me imaginé que sentiría. Es la cosa más maravillosa y aterradora que he sentido jamás. Y, si tú sientes lo mismo por mí, si quieres hacer esto... por el resto de nuestras vidas, sabiendo quién soy, y dónde he estado... entonces solo puedo estarte agradecido. Solo puedo intentarlo y convertirme en el hombre que creo que te mereces.

—Sé simplemente el hombre que eres, Alex. Ese es el principio y el fin de lo que quiero de ti. Porque es la misma libertad que me diste a mí. Alex, ¿es que no te das cuenta de que tú me liberaste? Me sentía como si estuviera atrapada en el cuerpo de otra mujer, aspirando desesperadamente a un ideal que ni siquiera deseaba y temiendo al mismo tiempo fracasar miserablemente. Lo que me has dado es algo increíble. Para mí no hay mejor hombre que el que simplemente me quiere tal como soy.

—Yo soy ese hombre —le dijo él, besándole el cuello—. Eso te lo prometo. Quiero todo lo que tú eres y lo que serás. Sea lo que sea lo que nos depare la vida, estaremos a la altura del desafío siempre y cuando estemos juntos.

—Yo también lo creo.

—Así que... ¿cuándo nos vamos a casar?

—No antes de medio año —respondió ella.

—¿Qué?

—Necesito tiempo para organizar la boda. Te amo y el nuestro será un matrimonio para toda la vida.

—¿Vas a hacerme esperar, Rachel?

—Para algunas cosas, sí, Alex —sonrió—. Para otras, no.

Un buen rato después yacían en la cama, jadeantes. Ella le delineaba el bíceps con la punta de un dedo, sonriente. Sí, amaba a aquel hombre. Habían tenido un comienzo difícil, pero tenían todo el tiempo por delante.

—¿Sabes? Si podemos superar esto, creo que podremos superarlo todo —dijo ella.

—Estoy de acuerdo.

—Siempre y cuando seamos sinceros el uno con el otro, a partir de ahora.

—En bien de la sinceridad —dijo él—, tengo que decir que te han crecido mucho los senos. Y me gusta.

—Guau. Qué romántico.

—Quizá no, pero sí sincero.

—Gracias.

De repente, Rachel evocó aquella noche en que habían comido pizza en el elegante hotel de Cannes. Cuando él le había hablado de los finales felices.

—Ya tienes tu final feliz —susurró.

—Esto todavía no ha terminado.

—No —repuso, acurrucándose contra él—. Por suerte.

—Sí. Tenemos una vida entera por delante. Con altibajos, pero juntos.

—Y esto es mucho mejor que un clásico final feliz.

—Estoy de acuerdo —él suspiró, sonriendo.

Epílogo

H A SIDO una boda preciosa –comentó Leah.
–Y sobre todo, ya era hora de que se celebrara –añadió Ajax.

–Tienes la sensibilidad de un corcho –repuso su esposa.

Ajax se encogió de hombros y se volvió para mirar a Alex, que vestido de esmoquin y con la corbata suelta, sostenía a su hijo de dos meses de edad.

–¿Tan insensible soy, hermanito?

Alex bajó la mirada a su hijo. Al pequeño Liam no le importaba que sus padres acabaran de casarse. Tenía el corazón henchido de amor, y de orgullo. De que su hijo tuviera una familia que lo quisiera. Y de que su vida fuera a ser mucho más hermosa de lo que lo había sido la de Ajax, o la suya propia.

–Sí que lo eres –replicó–, pero eso forma parte de tu encanto.

Rachel volvió en ese instante, del brazo de su padre. Acababan de bailar y estaba radiante.

–¿Te importa que te robe a mi nieto un momento? –le preguntó Joseph Holt–. Te lo cambio por la novia.

–Trato hecho.

Entregó el bebé a su suegro y tomó luego a Rachel de la mano para llevarla de vuelta a la pista de baile.

–Esta boda se parece mucho a ti, ¿sabes? –le dijo mirando a su alrededor y contemplando la sencillez de la decoración, los colores vivos. Irradiaba alegría. Al igual que su esposa.

—Sí. Pero contigo, soy mucho más yo.

—Me alegro —le besó la nariz—. Yo soy ciertamente un hombre mejor. Es increíble lo que se siente cuando se empieza a comprender el significado del amor.

—Me alegro, Alex, porque tú tienes mucho amor que dar.

—Nunca había sido tan feliz.

—Entonces, tenemos un nuevo objetivo.

—¿Cuál?

—Perseguir una felicidad todavía mayor, cada día.

—Contigo, Rachel, eso no será nada difícil.

Bianca.

Ella jamás podría ser la esposa de un hombre de su riqueza y su clase social…

Maddie Conway llevaba mucho tiempo enamorada del magnate griego Giannis Petrakos. Además de dedicar mucho tiempo y dinero a la organización benéfica donde tan bien habían cuidado de la hermana gemela de Maddie, Giannis era increíblemente guapo. Por eso decidió que era la fuerza del destino la que la había llevado a trabajar a las industrias Petrakos.

Giannis no pudo evitar acostarse con Maddie a pesar de que le parecía algo ingenua. Después, le propuso que continuara siendo su amante… Fue entonces cuando Maddie descubrió que Giannis reservaba el papel de esposa para una mujer que encajara mejor con su posición social…

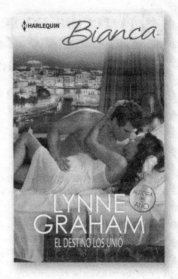

El destino los unió

Lynne Graham

Acepte 2 de nuestras mejores novelas de amor GRATIS

¡Y reciba un regalo sorpresa!

Oferta especial de tiempo limitado

Rellene el cupón y envíelo a
Harlequin Reader Service®
3010 Walden Ave.
P.O. Box 1867
Buffalo, N.Y. 14240-1867

¡Sí! Por favor, envíenme 2 novelas de amor de Harlequin (1 Bianca® y 1 Deseo®) gratis, más el regalo sorpresa. Luego remítanme 4 novelas nuevas todos los meses, las cuales recibiré mucho antes de que aparezcan en librerías, y factúrenme al bajo precio de $3,24 cada una, más $0,25 por envío e impuesto de ventas, si corresponde*. Este es el precio total, y es un ahorro de casi el 20% sobre el precio de portada. ¡Una oferta excelente! Entiendo que el hecho de aceptar estos libros y el regalo no me obliga en forma alguna a la compra de libros adicionales. Y también que puedo devolver cualquier envío y cancelar en cualquier momento. Aún si decido no comprar ningún otro libro de Harlequin, los 2 libros gratis y el regalo sorpresa son míos para siempre.

416 LBN DU7N

Nombre y apellido	(Por favor, letra de molde)	
Dirección	Apartamento No.	
Ciudad	Estado	Zona postal

Esta oferta se limita a un pedido por hogar y no está disponible para los subscriptores actuales de Deseo® y Bianca®.
*Los términos y precios quedan sujetos a cambios sin aviso previo.
Impuestos de ventas aplican en N.Y.

SPN-03   ©2003 Harlequin Enterprises Limited

ENTRE RUMORES

MAUREEN CHILD

Siete años atrás, el sheriff Nathan Battle le había pedido a su novia, que se había quedado embarazada, que se casase con él, pero Amanda Altman le había destrozado el corazón, se había marchado de su pueblo natal y había sufrido un aborto. Amanda había vuelto y Nathan necesitaba olvidarse de ella de una vez por todas, pero su plan de seducirla y borrarla de su mente no estaba funcionando.

Al volver a Royal, Texas, Amanda no quería que Nathan se diese cuenta de que seguía queriéndolo. No obstante, resistirse a él era imposible. En especial, tras descubrir que estaba embarazada... otra vez.

¿Algo que ocultar?

¡YA EN TU PUNTO DE VENTA!

Bianca.

No iba a rendirse sin pelear y la pelea prometía ser explosiva

El multimillonario italiano Emiliano Cannavaro sabía que todo el mundo tenía un precio, especialmente Lauren Westwood, hermana de la taimada esposa de su hermano y la única mujer que casi había conseguido engañarlo con su rostro inocente. Cuando la tragedia se llevó la vida de su hermano y su cuñada, Emiliano decidió conseguir la custodia de su sobrino, que en ese momento vivía al cuidado de Lauren.

Pero la honesta Lauren no era la buscavidas que él creía y no iba a dejarse comprar. Y cuando Emiliano Cannavaro le dio un ultimátum: ir con él a su casa del Caribe con el niño o litigar en los tribunales, decidió enfrentarse con él cara a cara.

El precio de la rendición

Elizabeth Power